创意写作书系

HOW TO READ
LIKE
A WRITER

10 LESSONS TO
ELEVATE YOUR READING AND
WRITING PRACTICE

像作家
一样阅读

提升读写能力的10堂课

【美】艾琳·M.普希曼
（Erin M. Pushman）
著

刘卫东　李秋雨　张永禄
译

张永禄　审校

中国人民大学出版社
·北京·

"创意写作书系" 顾问委员会

本书是国家社会科学基金重大项目"世界创意写作前沿理论文献的翻译、整理与研究"(项目批准号23&ZD294)阶段性成果献给我的母亲辛迪，她早年带我阅读的东西改变了我的一切。

致　谢

　　我感激薇薇安·比库莱格对早期章节的细致阅读；感谢薇薇安（再次）、乔·怀利、安·玛丽·奇尔顿以及（纪念）安妮·O. 杰伊，感谢他们在文学与写作上的深入讨论；感谢贝丝·约翰逊，感谢她让我放心放下其他项目，专心写作这本书；感谢我的家人——克里斯、露西尔、尼古拉斯和韦德·奥尔德雷德，感谢他们理解我需要时间来写作和修改；感谢莎拉·斯蒂芬斯和厄内斯廷·奥尔德雷德，感谢他们帮助我挤出时间；感谢莱姆斯通学院为我提供学术休假，支持我在这本书上的工作；最后，感谢布鲁姆斯伯里出版社的戴维·阿维塔尔，感谢他的最初启发，以及露西·布朗，感谢她的持续支持。

译 者 序

2009 年以来，随着创意写作的理念与方法不断被介绍到中国，"如何像作家一样阅读"成为该方面的热门话题。

普希曼的这部著作既是一部讲稿，也是一门课程，它围绕"如何像作家一样阅读"从类型、叙事、结构、角色、设定、场景、语言等十个不同的角度进行讲解。在选择的文本方面，包括小说、诗歌、散文诗、摄影随笔、非虚构等不同类型的作品，适合写作爱好者精进自己的创作方法和磨炼阅读技能，也适用于不同层面的写作课堂，帮助读者了解何谓"作家阅读"，以及如何从这类具有创造性的阅读中转向自己的写作。

在第 1 课中，普希曼对类型做了讲解。在本书中，类型（genre）是文体层面的一种划分，比如诗歌、小说、戏剧、散文诗等，相当于写作的体裁。对不同类型的作品，读者会有不同的心理和阅读预期，阅读的方式、心态也会有很大不同。普希曼揭示了读者对不同文体的心理预期特点，提出了"类型内阅读"（reading inside genre）的概念，即充分体会到某一文体作品的基本特点和创作规律，在阅读中带着这种理解去解读文本，这样可以更好地把握内容和创作特点。

在第 2 课中，普希曼对混合体和多类型作品的阅读方法进行了讲解。混合体和多类型作品（hybird and multi-genre）是指某一作品兼具了两种或两种以上文体，比如摄影随笔，是摄影艺术和散文混合的产物，散文诗则是诗歌与散文的混合体。这些混合了多种类型的作品，在表达方式、创作构思方面都与传统的单一体裁作品有所不同，普希曼的讲解填补了当前主流出版物中的空缺，某种程度上她的理念更接近一种"多模态阅读"，用作示例的文本已经不限于文字。

第 3 课中，普希曼对短篇写作和数字媒体有所关注。其中数字媒体方面发表的内容，包括闪小说、以博客或多种社交媒体为平台发布的内容，这些都是数字化写作中较为常见、容易操作的内容，可以作为基础练习模块，上手比较快。

第 4 课，普希曼分析了情节、叙事弧线、冲突、主题、意象。如果你有过打网球、打乒乓球的经验，就不难理解，所谓叙事弧线，是在创作活动中呈现出来的。我们在比赛中能打出优美的弧线吗？如何才能打出优美而具有威胁的弧线？这些就是普希曼本部分讲述的重点，它是基于创作过程、创作方法和创作规律的探究，目的是揭示其中的方法和策略，为我们的创作提供启发和借鉴。

第 5 课讨论的核心概念是结构。我们知道结构的重要性，我们对三幕剧、五幕剧或者情节分析图例等，已不再陌生。但普希曼的分析不止于此，她还引导读者去关注文字在不同界面（包括印刷的纸张、数字媒体界面）的排列、呈现方式。普希曼选择的文本片段本身很多样化，关于图像叙事、散文诗等作品的结构讲解是本部分的亮点。普希曼还特别讲到了关于结构的阅读策略（reading strategy for structure），帮助读者在面对不同类型作品的时候，能够灵活应对。

在第 6 课，普希曼讲解了角色塑造所需要的核心要素，包括身体特征、情感特征和心理特征等多个方面，对角色的习惯、交流互动的特点、反应等都有解读，并没有重复当前创意写作教学中关于人物弧线的内容。普希曼结合多个作品片段对角色发展、角色变化的问题进行了拆解，对学习者来说具有很强的可操作性。

在本书的第 7—9 课中，普希曼的讲解分别聚焦了视角、设定和场景。这几个角度同样是"像作家一样阅读"的基本要点。普希曼对视角的解读富有趣味性，她对不同人称具有的不同视角、经验和局限，分别进行了讲解。普希曼把视角比喻为"镜头"，视角切换就像镜头被移动到另一个角色手中，读者是通过不同角色的镜头来"观看"故事的。在讨论设定的时候，普希曼侧重对其中的时间、地点、基于地点的环境等进行了介绍，特别关注了混合图像的作品。

在本书的第 10 课，普希曼讨论了语言。普希曼的重点是细致分析示例和语言的结构、形状、长度、声音等，而不是大而化之地讲解作品的语言风格。普希曼注意到了语言表达的细节问题，例如：某些停顿、感官语言，某些打破了常见规则的用法，以及如何借助文学直觉观察语言的长度、结构，作品的标点符号和形式。

从上述十个角度来看，普希曼所主张的"像作家一样阅读"已经比较清晰了。总体上，"像作家一样阅读"，其方法和理念侧重揭示作者如何进行构思、如何进行创作，而不是揭示作品的价值立场、主题思想、文化意义等。它总体上更偏向于探讨怎样从阅读中领会作者的创作方法、素材选择、构思过程和修改技巧等，关注作品是怎样写出来的（how），而不是在文本的符号学、文化学、社会学等层面揭示它是什么（what）。

"像作家一样阅读"，不仅对写作爱好者、创意写作学科很重要，而且对广义的文学教育也很重要。它是在阅读中思考、在思考中借鉴、不断转向文学原创的过程。在这个过程中得到磨炼的是学生的原创思维，而不仅仅是技巧层面的借鉴。在表层，我们学到的是作者的创作方法，例如，小说的结构设置、故事中间的冲突和场景的设定。而在深层，我们关注的是如何把自己的情感、直觉、思想融汇到创作中去，从作者创作的角度出发。

从实际的教学层面来看，"像作家一样阅读"所提倡的理念和方法有特定指向。史蒂芬妮·范德斯利曾经指出，创意写作教学中重要的指向之一是，通过教学来实现创意写作的"去神秘化"。当我们尝试像作家一样阅读时，所做的是不断揭示创作方法、规律、原理，创意写作研究所做的则是不断想办法把创作中未能讲清楚的地方努力说清楚。如果我们把创作比喻成生产面包，那么我们教学的重点在于讲清楚制作面包的基本流程、方法，让学生有自己动手做出面包的能力，获得真实的制作面包的经验。

当然，创意写作或阅读过程是比较复杂的，任何一种创造性艺术实践，它涉及的细节、要素和创作心理都异常繁复，我们不可能把它全部讲清楚。普希曼的这部著作所涉及的"像作家一样阅读"的方法、策略只是该领域的一部分内容。但这并不影响我们从"创意写作""像作家一样阅读"这样的理念出发，不断深入作品，从不同角度理解和分析作品。

在当代文学中，"像作家一样阅读"是一个重要的话题。我们经常认为有些作家是依靠天赋获得成功的。但是，他们就算拥有天赋，也需要有一个逐步发展、不断被激发的过程。在激发和释放个人潜能的过程中，阅读扮演了不可替代的角色。从某种程度上来说，之所以在很长一段时间内我们认为写作是天才的事情，是因为我们忽略了其中一个环节，那就是本书的主题：像作家一样阅读。关于这一点，我们只要看一下莫言、余华、博尔赫斯等人的与阅读和创作相关的访谈、文章，就不难理解。每一位作家的成长背后，都有一段阅读史作为支撑，而他们的阅读就是我们这里讨论的"作家阅读"。

实际上，对许多作家来说，把自己的阅读经验、阅读方法或阅读心得详细陈述并加以总结，乃至进行理论化提炼，这本身并不是一个简单的过程，也不是那么容易完成的。希望通过阅读普希曼的这部作品，我们能够逐步总结出一些方法、规律，在获得某些启发的基础上，提升我们自己的阅读和创作能力。

"像作家一样阅读"，不仅是一门课程，也是一种理念，是创意写作学领域的一个细分方向，它值得我们一起深入去探究。或许，在不久的将来，"像作家一样阅读"将会在写作课程、创意教育中扮演更为重要的角色。

　　由于版权原因，本书按合理引用原则节选了原书引用的部分文本，在此对作者表示感谢。

刘卫东

温州大学创意写作研究中心《中国创意写作研究》编辑部

2024 年 1 月 31 日

目　录

导　语

我可以向你保证，这个介绍很简短。给我几页的空间，一点点时间，这样你就能看到可以改变你阅读以及写作的方法。通常情况下，要成为一名作家，意味着你必须先成为一名合格的读者。读者与作家一样，是文学世界的重要组成部分。如果你正在读这本书，很可能我们关注的是同一个话题。

文本细读和批判性阅读：作家的方式

作家经常进行阅读——但这些阅读不仅仅是为了娱乐。作家会批判性地来阅读一篇文章，作家也会用文本细读的方式阅读一部著作。事实上，优秀的作家总在不停地阅读。诺贝尔文学奖得主在尽可能多地阅读，在我们这个时代最多产的流行作家也是如此。J. K. 罗琳敦促新作家要多阅读，斯蒂芬·金也是这样做的。当然，除了写作，成为作家的最关键步骤之一是：像作家一样阅读。一旦你的阅读技能得到了提高，你的写作水平就会随之提升。

让我们仔细看看文本细读和批判性阅读意味着什么。作家阅读文章的方式就像工程师研究引擎或植物学家解剖树叶一样。作家阅读一篇文章，总希望弄清楚作者处理文本的方法。作家在阅读中识别作品的类型和形式；研究情节和描绘结构；分析核心冲突、意象或主题；了解角色及其发展；除此之外，他们还研究视角、探究作品的背景，以及解释作品的语言和声音。作家还通过阅读来了解写作的作用和潜力。作家阅读既是为了向其他作家学习，又是为了提升他们的技艺。

想想你最喜欢的作品之一，或者更好的做法是，把它从书架上取下来，或打印出来。现在让我们一起思考以下这一系列问题：

◆ 这篇文章是什么样的文本？这是一首诗？一个短篇故事？小说？回忆录？一篇普通的文章？还有别的吗？

◆ 为什么这篇文章是以短篇小说而不是小说的形式出现的？或者，为什么它是一首诗而不是一个故事，是回忆录而不是小说？

◆ 这篇文章的主角是谁？他或她想要什么？作者如何将两者传达给读者？

◆ 你记得文章中的哪些短语或意象，为什么？

我们可以不断回答这些问题，但我们的思考和探究不会只停留在这里，因为这只是一个简短的介绍。关键是，有创意的作家对他们写的每篇原创性的作品都会做出非常多的思考，思考这些决定以及它们如何在文本中起作用，可以让你成为更好的读者和更好的作家。

关于作家阅读方式的课程

在这本书中，我们将学习一系列关于作家阅读方式的简短课程。每节课都将探讨作者在写作中做出的一种主要策略。这些课程就是为了解决上述问题，以及创意写作的其他重要问题。你也可以将课程所学灵活应用于课堂上指定的阅读材料、学生或写作小组成员为研讨会带来的原创手稿、你自己阅读的内容以及自己的原创作品。

在介绍结束之前，让我告诉你一些你可以在每节课中了解到的材料。

示例阅读和问题

为了在这本书中突出"像作家一样阅读"的理念，并展示它的具体操作方法，你可以在课程和阅读部分读到一些节选的当代原创作品的片段。当你查看每节课的内容时，你会看到这些阅读材料是本课所讨论主题的具体示例，以便于我们讨论。为了研究作者创作中所做出的具体选择，我们还将在每节课结束时，专门揭示阅读活动中的某些技巧，你会发现我们提倡的"像作家一样阅读"就像作家在讨论写作问题一样。

阅读以激发新思路

每一位有经验的作家都知道这样的秘密：阅读可以启发你生成新的思路。仔细地、批判性地阅读一篇优秀的创意写作作品，可以激发你写下新的想法或改进已有的创作思路。你可以将从阅读中学到的知识应用于自己即将开始的创作中，我们会在每节课的最后提供一些写作提示，旨在帮助你创作新作品和修改正在创作中的手稿。

入门：像作家一样阅读的策略

在我们进入第 1 课之前，你可能想知道作家在阅读时是如何努力弄清楚作品的内容的。虽然每个作家都有独特的方法，这些方法涉及他们自己的一些写作经验，有一定特殊性，但作家们已经找到了共通的阅读各种原创作品的方法，以便我们从中学习。这些方法适用于许多作家，包括写这本书的作者。我不会要求每个读者必须遵循这些方法。相反，我会提供建议来帮助你开始自己的阅读。尝试不同的方法，混合、匹配和调整它们，直到你找到一个适合你的。

◆ 阅读上面提到的问题。在每一页、每一节或每一课的末尾，回答问题。

◆ 慢慢阅读各类创意写作作品。当你意识到你正在阅读一段特别好的文章时，放慢速度。有意识地放慢阅读速度，直到可以"听到"你脑海中的单词。

◆ 再读一遍。完成一段原创性的作品写作后，回去重读你认为在传达信息或写作方式方面最重要的段落。当你在阅读短篇小说、散文或诗歌时，把每一篇都完整地读一遍。

◆ 阅读的时候使用钢笔或铅笔。在读写日志中做笔记。或者将页面本身转换为日志，并在页边空白处做笔记。

◆ 阅读的时候使用荧光笔。标记出那些对你有启发的地方。

◆ 在手机或电脑上打开笔记应用程序或电子邮件阅读。写笔记，或者在阅读时通过电子邮件发送你对写作技巧的见解。

◆ 阅读时，在创意作品中找到自己最喜欢的内容，然后弄清楚为什么那些内容是你的最爱。探究作者做了什么，让那些内容脱颖而出。

◆ 在每次阅读时，试着弄清楚文本是如何组织起来的，无论它是诗歌、故事、散文还是其他创意写作作品。

◆ 思考你在写作中正在处理的技艺元素（情节、角色发展、结构等）。阅读他人作品以了解作者是如何处理该元素的。例如，作者是如何在某几页中展开情节、角色或结构的？

◆ 保持"哇"或"啊""哈"！标注创意文本中让你惊叹的特定部分，作者如何用自己作品中独特的部分让你感到惊叹，或者你意识到作者巧妙地处理了哪些棘手的事情？

◆ 保留一个你想尝试的方法清单，在那里你可以记录作家们采取的有趣方法或甘冒的风险，以及你想尝试的方法。

◆ 在一篇原创作品中找到一个让你印象深刻的部分，重读它，弄清楚为什么它是大师级的。注意自己的发现。

◆ 运用本书每节课的内容来剖析一篇文章。创建你的图表来说明自己的分析角度。

第1课　　阅读类型

类型的概念

让我们先来谈谈类型这个概念。当作家写作时，他们按照一种体裁或者说类型进行写作。关注类型将帮助你思考为什么作家选择一个特定的文体来讲述一个特定的故事，或表达一个特定的想法。这可能看起来像是细节方面的问题，但每个作家都有某些特点值得我们关注。当作家阅读时——就像他们写作时一样，他们会特别注意类型。

我们先看一下这个句子：

在我六岁的时候，我用一把我不知道怎么用的枪杀了我的妹妹。

这句话将成为引人注目的第一行，不是吗？但是，它是什么作品的第一行？一个故事？一本回忆录？一首诗？这有什么关系呢？有很大关系。因为真实的事件和虚构的事件对我们来说有不同的意义。

我们阅读小说与阅读非虚构作品的方式不同，我们阅读小说与阅读诗歌的方式也不同。类型影响着我们如何阅读一个文本。关注类型如何影响我们的阅读方式，是以作家的方式阅读的一个基本开端。

在创意写作中，散文这种类型可以是虚构或创意非虚构的。为了让事情变得有趣（毕竟我们是创意作家），创意非虚构有时也被称为文学非虚构（literary nonfiction）。为了讨论类型如何影响我们的阅读，我们将首先考虑散文体裁的问题。

让我们再读一遍前面引的那句话。

把这句话当作**小说**的第一行来读。

> 在我六岁的时候，我用一把我不知道怎么用的枪杀了我的妹妹。

把这句话当作小说作品的第一行来读，我们在想什么？作为享受阅读的读者，我们可能想知道发生了什么事，并急于阅读下一句，希望能弄清楚这个问题。作为作家，在阅读小说的第一行时，我们可以从这些方面考虑：

◆ **介绍叙述者**（杀死妹妹的我）。

◆ **冲突的建立**（枪，杀死妹妹，不知道怎么用枪）。

◆ **语言的使用**（简单的、不复杂的词语被运用到一个具有有趣的结构的句子中。有趣的结构——以介词 when 开始、以动词结束的句子）。

阅读小说的时候，我们关心角色和事件的发展。想想你最喜欢的长篇小说或短篇小说，我敢说你或多或少会关心这些。但我们也知道，这些角色和事件并不是真实存在的。

现在再读一遍这句话。这一次，把这句话当作**回忆录**的第一行来读，假设它出自一部创意非虚构作品。

> 在我六岁的时候，我用一把我不知道怎么用的枪杀了我的妹妹。

把这句话作为创意非虚构作品的第一行来读，其中的利害关系与前面的情况是明显不同的。我们仍然想知道发生了什么，并想继续读下去以找出答案。但我们在阅读这句话时，也知道这确实发生了；在某个地方，一个真实存在的六岁孩子杀死了他或她的妹妹。作为作家，在阅读回忆录的第一行时，我们可以考虑这些方面：

◆ 将叙述者作为一个角色来介绍，尽管这也是一个真实的人，他或她在童年时杀死了自己的妹妹，现在还为此写了一本书。

◆ 在确立冲突时要诚实（妹妹确实死了，叙述者确实是六岁）。

◆ 语言的使用（简单的、不复杂的词语被运用到一个具有有趣的结构的句子中。有趣的结构——以介词 when 开始、以动词结束的句子）。

我们阅读创意非虚构作品，部分原因是我们想了解真实发生的事情，我们关心它在世界或相关人员的生活中的重要性。

现在再读一次这句话，这次是作为一首**诗**的第一行。

在我六岁的时候，我用一把我不知道怎么用的枪杀了我的妹妹。

这句话看起来不太像诗，是吗？是的，它不像。

让我们思考一下原因。一个完整的句子用一行写出来，读起来像散文，对吗？对。作为一般规则，一个完整的句子用一行写出来就是散文。当然，在创意写作中，一般规则总是有例外的。其中之一是散文诗，我们将在第 2 课中讲到。如果我们真的把整个句子当作一首诗的第一行来读，我们就会思考为什么语言被组织成一个完整的、有分寸的句子，为什么这一行会这么长。

不过，把这句话作为诗来思考，我们可能会期待内容是这样的：

六岁时
一把枪
我不知
该
怎么用
我杀了
我妹妹

把这句话作为诗来思考，我们对词语的解读与把它作为散文的解读截然不同。读者在读诗的时候，要考虑的因素很多，除了语言和节奏，还有文字本身的意义。把词语当作诗行来读，我们还可以考虑以下几个方面：

◆ 使用正确的词语来表达一种感觉、经验或叙述。

◆ 唤起节奏和声音。

◆ 将诗歌塑造成行和节（注意在分行前有多少字，以及这如何塑造整首诗：3，3，3；1；3，3，3）。

如果把这句话当作一首诗来读，我们注意力的焦点是不同的。作为读者，我们关心的是这首诗如何打动我们，语言的感觉如何。

我们通常不会继续读这首诗来了解接下来会发生什么（除了在叙事诗中）。我们继续阅读是为了获得一种感觉或洞察力。我们继续阅读是为了融入诗歌的语言和节奏中。我们不断地阅读，是为了用诗人的视角来看这个世界。语言、节奏、形象和感觉是诗歌的一部分。

现在让我们回到"真实"这个概念上来。诗歌一定要讲真话吗？诗歌中关于真实的讨论既复杂又简单。诗歌经常讲真话，但它不一定要讲真话。许多作家同意，诗人在写作中越诚实，诗歌就越有意义。但有些诗歌确实在编造故事、人物或事件。例如，《古代水手之歌》（The Rhyme of the Ancient Mariner）就是一个典型的例子。

虽然许多当代诗人确实选择书写他们自身的经历，这些经历一般都是真实的，但也有当代诗人写他们并没有经历过的事情。诗人可以自由地编造人物或事件，反映关于生活或人性的某些真相。这就是所谓的诗性真理。再看看"我的妹妹和枪"的例子。虽然"我"在六岁时没有向"我"的妹妹或其他人开枪，但悲剧确实发生了。诗歌反映了这种类型的悲剧，并提供了一些语言来思考它。

创意写作涉及的类型总是比其在字典中的定义更为丰富。就像人一样，类型不仅仅是一个简单的定义问题，它有很丰富的内涵。我们是作家，我们的工作是运用文字处理各种线索、素材。为了使我们都在同一起跑线上，让我们先看看下面的几个概念，了解它们的基本意思。

小说

当我们想到小说的时候，我们会想到长篇小说和短篇小说。我们可能还认为，小说并不真正需要一个定义。我的意思是，大家都知道，小说就是小说，对吧？对。小说是一种叙事性的写作形式。小说主要是用作家创造的情节和角色向读者讲述一个故事。当我们阅读小说时，我们知道我们是在阅读由作家想象出来的东西。

但是，你可能会想，那么多伟大的小说家写的故事都是受他们自己生活的启发或基于真实事件的吗？沿着这一思路思考是明智的。这样看待小说，意味着你已经在以作家的方式思考问题。许多小说的灵感来自现实生活，包括真实的历史或个人经历。一个例子是索菲·亚诺（Sophie Yanow）的图像小说《矛盾》（*The Contradictions*），这是她在欧洲留学期间自己经历的一个虚构版本。有些小说也经过了充分的研究和修改，使其变得翔实。例如，历史小说（本读者最喜欢的小说子类型之一）的写作往往经过各种研究和调查，使叙述尽可能地符合历史事实。

不同的是，虽然小说中的某些事件或人物可能与现实生活、真实历史中的事件或人物相似，但小说并不拘泥于所谓的真实。换句话说，无论作家的生活或真实事件在多大程度上启发了一部小说，作家仍然可以自由创作，并不受限于此。

小说拥有许多子类型，包括恐怖小说、神秘小说、科幻小说、女性小说、历史小说、反乌托邦小说等等。作为一名作家，你应该知道，小说通常被分成两大类：类型小说（genre fiction）和文学小说（literary fiction）。"类型小说"（有时候也被称为商业小说或流行小说）是作家和出版商用来指称所有流行的次类型小说的，包括上面提到的那些。有时，这些流行的类型有自己的亚类型分支：吸血鬼小说、僵尸小说只是其中的两个例子。通常情况下，读者阅读类型小说是为了获得一种消遣，并暂时逃离生活中的现实。

文学小说和类型小说之间的界限很多时候是模糊的。这种界限更多是由出版业而不是由作家划定的。现在不要太担心这种区别，因为你正在探索作为一名作家的自己，并弄清楚像作家那样阅读意味着什么。不过，我们需要注意的是，文学小说是不被流行的子类型限制的小说。读者经常用文学小说来体验作为一种艺术形式的写作，并沉浸于一个能让他们思考的故事中。文学小说通常被视为"严肃的"小说，因为它倾向于探索我们生活的现实，往往为我们提供新的方式来理解我们自以为知道的世界。文学小说通常更多是以角色为主导，而不是以情节为主导，这意味着发生在角色身上的事情和他们的反应比情节中的大事件更能推动故事的发展。

不过，请记住这种界限是很模糊的。许多优秀的类型小说同样具有我们刚刚讨论过的文学小说的某些特质。有可能，即使在你读这句话的时候，你也能想到一些例子。本书阅读资料部分的小说是文学小说。当你阅读这些作品时，考虑这些小说与你最近读过的类型小说有什么不同。

创意非虚构

正如我前面提到的，创意非虚构有时也被称为文学性非虚构（literary nonfiction）。这种类型有时又被称为第四种体裁，特别是在美国。这些术语中的每一个都是为了传达这样一种事实，即这种类型或体裁与普通的非虚构作品不同。正是创意性、文学性的部分赋予了这种体裁独特的地方。在本书中，我们将使用"创意非虚构"这一术语，因为这是最广泛使用的术语。我们还将使用"散文"一词来指较短的、独立的创意非虚构作品。文学随笔相当于短篇小说形式的创意非虚构，因为它们是一种短篇的创意写作形式。

创意非虚构与其他类型的非虚构有着本质的区别，它是作为一种艺术形式来写作的。一篇报道事实的报纸文章是非虚构，但不是创意非虚构。教科书是非虚构，但不是创意非虚构。创意非虚构的作者创造性地写作，他们以艺术或文学化的方式使用语言。他们的写作是为了讲述一个真实的故事，或以一种引人注目的方式探索一个想法，以吸引和娱乐读者。很多创意非虚构作品是叙事性的，因为它包括情节、人物和叙事性写作的其他方面。还有一些创意非虚构作品在语言和内容的抒情方式上具有诗意。

创意非虚构从根本上不同于其他类型的创意写作，因为创意非虚构的作者要确保他们呈现的是真实的事实。另一种说法是，创意非虚构涉及事实性内容，但呈现内容的方式不只是单纯的叙述事实。创意非虚构作品的作者与读者签订了一份真相合同。无论情节如何引人入胜、语言如何富有诗意、观点的表述如何富有创意，创意非虚构都要保持一种真实性。换句话说，创意非虚构作品坚持对真相的发现。

但是，你可能会想，有些创意非虚构作家改变了人物的名字或掩盖了他们的身份，抑或遗漏了现实生活中发生的部分事情。是的，有时创意非虚构作家会做这些事，但只有在这样做对内容的表达没有实质的影响，在不改变真实性的情况下。

现在，为了保持对真实性的推崇（这是一本非虚构的书），我想提醒你，为了讨论，我编造了前面那个关于射杀我妹妹的句子。我没有在六岁时杀死我妹妹。事实上，我没有妹妹。无论这样的悲剧性事故看起来有多么真实，它都没有发生在我身上。写一篇关于这件事发生在我身上的散文，那将是一篇虚构的作品。

与小说一样，创意非虚构作品也有长短之分。形式较短的作品通常被称为散文，包括自己的子类型（如抒情散文），也包括与长篇创意非虚构名称相同的子类型。长篇创意非虚构的子类型包括叙事性非虚构、回忆录、文学新闻，以及基于地点的叙事、自然/环境非虚构等。

诗歌

像所有的写作一样，诗歌通过语言传达意义。不过，与其他体裁相比，诗歌更依赖于节奏、声音和行文结构来创造感觉或形象。诗歌通常比散文更少地使用语言。当我们阅读诗歌时，我们阅读页面上的文字，并在它们之间建立联系。与阅读大多数散文作品相比，我们更仔细地阅读诗歌中的每一个字。因为声音和节奏有助于在诗歌中创造意义，所以我们也会注意字词在朗读或默读时的声韵。另外，因为诗人也经常用断行和断句来创造意义，所以我们在阅读诗歌时也需要注意断句。

如前所述，诗歌中的真实是一种诗意的真实——是诗歌中捕捉到的关于人类经验的更丰富的元素。字面意义上的真相往往存在于一首诗中，但并不总是如此。当聪明的诗歌读者在声音和语言中寻找意义时，他们也在阅读中寻找诗歌的真相。这方面的例外是忏悔诗（confessional poetry），这通常与特定的美国诗人有关，他们在 20 世纪 50 年代和 60 年代在文坛声名鹊起，他们通过发表诗歌照亮了自己的生活，暴露了某些黑暗。

大多数读者和作家将诗歌分为五个主要的子类型：史诗、抒情诗、叙事诗、讽刺诗和散文诗。正如你从它的名字中猜到的那样，叙事诗讲述一个故事。史诗也是如此，但在这里，说话者或主要角色参与了一场史诗般的斗争，如《贝奥武甫》。散文诗是以段落形式写出来的，像散文一样。抒情诗传达的是诗人或诗人写作时的角色的心境、情感或想法。抒情诗也是短小的。虽然没有具体的长度要求，但抒情诗不会像史诗或叙事诗那样写满几页、几十页。

细心的读者和作者会注意到，一首诗可能会借鉴其母题以外的诗歌类型、流派。看看我提供的这首关于枪的诗，我们可以把它作为一个例子。显然，这是一首抒情诗，但它确实包含了一些叙事元素，尽管很稀疏。如果你在读这一页时，认为大多数当代诗歌是抒情性质的，那你是对的。通过阅读当前的文学杂志，你可能会注意到，一些当代诗人在转向散文诗。

戏剧和其他类型

但等等，难道没有其他类型的创意写作吗？当然有的。电影剧本和舞台剧（分别是电影创作和戏剧创作）构成了它们自己的分支。它们不是散文，也不是诗歌。尽管它们可以——而且经常如此——拥有这两种元素。电影剧本和舞台剧的写作及阅读方式与其他类型的作品有很大不同。然而，聪明的读者会认识到一些类似的元素和用于描述它们的类似语言（对话和场景）。还有一种情况是，有时同一个故事会以不止一种体裁来讲述。这就是一些畅销书的情况。《哈利·波特》系列就是一个著名的例子。这些小说作品被改编成电影剧本。谢丽尔·斯特拉伊德（Cheryl Strayed）的回忆录《野性》（*Wild*）也被改编成了电影剧本。当图书变成电影时，编剧确实会对叙事的某些部分进行修改。当非虚构作品（如回忆录）成为电影剧本时，要注意电影剧本里的故事可能与事实不同。

在这本书中，我们将重点讨论学生在创意写作和文学课上学习的类型：小说、创意非虚构和诗歌。当你翻到第 2 课时，我们将研究如何阅读那些模糊了这些类别之间的界限的作品。

类型内阅读

我们已经讨论了注意类型如何影响作家的阅读方式，下一步是有意识地思考写作是如何在该类型中具体展开的。换句话说，作家如何进行创作，以使小说、创意非虚构作品或诗歌能够发表？一个相关的问题是，作家为什么选择特定的类型来表达特定的想法？

这些问题是有联系的，因为作家们通常按某种类型的惯例写作（或有意模糊其中的界限）。小说用一个故事来娱乐或激起读者的兴趣。创意非虚构作品以令人信服和有趣的方式向读者讲述实际发生的事情。诗歌解释了作者无法以任何其他方式解释的感觉或想法。

现在欢迎你和我坐在一起，思考阅读部分的三个片段，并思考为什么它们的类型很重要。请看以下来自李昌瑞的《海胆》（Sea Urchin）、扎迪·史密斯的《柬埔寨大使馆》（The Embassy of Cambodia）和玛丽·奥利弗的《引领》（Lead）的内容片段①。

海胆（节选）
李昌瑞

1980 年 7 月。我即将满 15 岁，我们一家人来到了首尔，这是我们在 12 年前离开后第一次回来。我不知道这里是否有所不同。我的父母也说不清楚。每当我们冒险走进城市的另一个地方，或者遇到他们的老朋友时，他们只是重复着发出"这世界怎么了？"的感叹。"看看这个——这世界怎么了？""这么热的天，是啊，是

---

① 本书所翻译的作品段落，均节译自本书的英文原版，后文不再一一注出。Pushman. How to read like a writer：10 lessons to elevate your reading and writing practice. London：Bloomsbury Publishing，2022. ——译者注

啊——这世界怎么了？"妹妹在惊人的高温下异常安静。我们都是。这是我第一次注意到自己的臭味。你无法避免闻起来像周围的一切。在高温下，一切都散发着发酵、腐烂和恶臭的气味。在我祖父的老房子附近的两三间房几乎都只有人高，那里的气味让人难以忍受。"那是什么味道？"我问。我的堂兄说："屎味。"

柬埔寨大使馆（节选）
扎迪·史密斯

0 - 1

谁能预料到柬埔寨大使馆的存在呢？没有人。没有人能预料到，也没有人期待它。这对我们所有人来说都是个惊喜。柬埔寨大使馆！

大使馆隔壁是一家诊所。另一边是一排私人住宅，据说其中大多数属于（我们威尔斯登人是这么认为的）富有的阿拉伯人。它们的前门两侧都有科林斯式的柱子，据说后面有游泳池。相比之下，大使馆并不是很宏伟。它只是一栋四五居室的北伦敦郊区别墅，大约建于 30 年代，周围是一堵约 8 英尺①高的红砖墙。一只羽毛球在砖墙顶部来回水平飞舞。他们正在柬埔寨大使馆打羽毛球。啪啪啪，砰砰砰。

引领（节选）
玛丽·奥利弗

这里有个故事
会让你心碎。
你愿意听吗？
这个冬天，
潜鸟来到了我们的港湾，
一只接一只，死去
原因不明。

---

① 1 英尺约合 30.48 厘米。——译者注

让我们先从大处着眼，将这些作品分为诗歌《引领》和散文《海胆》《柬埔寨大使馆》。看看这些文字，《引领》看起来像诗。从形式上看，它有诗歌的感觉，因为它很明显的换行和留白。其他的看起来像散文，因为它们的段落形式。（我们将在第 2 课中讨论诗歌看起来像散文，而散文感觉像诗歌的情况，但现在让我们根据我们在第 1 课中讨论的类型定义来阅读。）

在《引领》中，奥利弗处理了一个复杂而棘手的话题：自然的破坏和我们无法回避的悲哀感。她在全诗 30 个简短的句子中做到了这一点。阅读《引领》，就像阅读所有其他的诗歌一样，我们读到页面上的线条，我们读到它们周围的空白处，以便在单词、线条和短语之间产生联想，与散文相比，这些短语相对较少。作家正是如此阅读诗歌，我们进行联想，并研究诗歌，看诗人如何以这样的方式写作，使这些联想成为可能。

让我们首先注意到的是，在这首诗中，奥利弗将少量的词语塑造成完整的句子，这增加了诗歌的复杂性。单独来看，这首诗的每个句子都创造了一个形象或一种情感。例如，请看前三个句子：如果我们单独阅读每个句子，我们得到的也不过如此：一个形象、一个警告、一个问题。但把这些句子放在一起读，我们就会在它们之间产生联想。这首诗中所描绘的形象将伤害我们——如果我们同意让它发生。

在讨论这首诗时，我小心翼翼地不摘录诗句，把它们放在这些段落中。这让讨论变得有些棘手，但请考虑一下原因：奥利弗认为诗不应该被拆解。这是阅读诗歌时要记住的重要一课，因为阅读每一行和每一个词都会影响到对其他每一行和每一个词的阅读。如果从整体上阅读《引领》，我们会看到奥利弗提供了一个破坏性的镜头，通过它来看环境的破坏。只有通过对句子的联想，我们才能看到这些美丽的、濒临死亡的鸟类所带来的破坏性镜头。它们在为生命哀鸣，到了诗的结尾，细心的读者也在哀鸣。读完这些句子，我们怎么能不接受奥利弗的邀请呢？这个邀请是这首诗的情感背景的一部分。读了这几行诗，你是否看到邀请是温柔的，但在温柔中又有紧迫感？这就是奥利弗这首诗的表达方式。这首诗在提出问题的同时，也提供了生动的、突出的形象。看到它们！听到它们的声音！这首诗为我们提供了它们，甚至包括它们的羽毛的外观和它们的死亡之歌的声音。

现在让我们回到诗意的真实，回到真实和虚构的话题。作为一个读者，我倾向于相信奥利弗的作品《引领》在字面上所传递的信息和内容。我所说的是，我想相信她说的是真正的事实。在一生中，奥利弗以写她对自然世界的体验而闻名。作为一个阅读作家，我必须承认我不知道这一点。我所知道的是，自 1962 年蕾切尔·卡尔森出版《寂静的春天》以来，鸟类因环境污染而死亡一直是一个有据可查的问题，奥利弗的诗给了我一个美丽而诚实的方式，来理解我对鸟类受损的感受以及我们环境正在发生的更大问题。

为了达到某种效果，作家需要一些具体化的策略。《海胆》和《柬埔寨大使馆》都是叙事性散文，这意味着作家用故事填充段落。这两个故事看起来都很现实，但只有一个是真实的。虽然我们可能认识到李昌瑞是一位小说家，但《海胆》是作为一篇散文或独立的创意非虚构作品发表的。我们知道我们正在阅读李昌瑞的真实生活（而不是以第一人称视角写的短篇小说），因为这篇文章是作为一个真实的故事发表的。像许多写得很好的叙事性创意非虚构作品一样，李昌瑞的长篇回忆录读起来像一个短篇故事。为什么？文章很有趣。文章吸引了我们的注意力。这些都是我们经常对叙事性散文做出的重要但笼统的陈述。不过，要练习像作家一样阅读，我们需要解读这些陈述。实质上，这就是我们每次在课程中讨论一篇叙事性散文时所要做的。我们不能在这里涵盖一切，但让我们进一步研究一些基本知识。

请注意作者对叙事元素的使用，其中两个是人物和情节发展。叙述者是主角，因此，他在书中是一个得到了全面呈现的人。阅读全篇作品，我们能得到他的重要数据：他即将 15 岁，他的家人在搬走后再次到首尔。我们还能了解到他的特殊行为方式：他无法停止盯着女孩看。我们了解到他的内心世界：他希望得到他身边某一个女孩的"最轻微的触碰"。我们看到他与其他人物互动的方式，以及这些人物对他的看法或说法："妈妈骂我爸爸是不是疯了，担心我会因为食物中毒而生病。但父亲并没有理会，并向那个妇人点了点头，于是妇人拿起半个海胆，切出了软肉。"现在请注意这些细节，它们对一个成长故事来说是至关重要的。

李昌瑞在发展叙述者角色的同时，也在推动情节的发展。请注意，情节不一定意味着改变生活的灾难。作为读者，我们愿意陶醉于这样一个情节：一个十几岁的男孩想在他成长的过程中对他发现的世界提出感官上的要求，甚至在回到他出生的城市的旅行中，尝了海胆，吐了出来，然后意识到他需要再回去吃一次。这就是成长情节的内容。

我们也知道，我们读到的只是他这一次的经历，即他第一次品尝海胆的成长经历。虽然创意非虚构作品是写真实的事件，但创意非虚构作品不一定要包括每一个发生的事件，只包括那些需要在作者精心设计的特定叙述中讲述的事件。这就是说，我们不知道李昌瑞的旅行期间还发生了什么，他还遇到了谁，或者他还吃了什么。对这篇文章来说，这些并不重要。要把这段经历写成创意非虚构作品，李昌瑞不需要给我们提供他整个旅程的细节。吃海胆和他的成年，才是这篇叙述的重点。如果李昌瑞把他旅行的每一个细节都写进去，叙述就会失去重点，读者也会失去阅读的耐心。当创意非虚构作家将真实的经历塑造成文章或图书时，他们决定哪些细节和信息必须成为情节的一部分，或成为页面上角色发展的一部分。虽然李昌瑞一家在 1980 年回到首尔，肯定遇到了这篇文章未提及的经历和人，但这些经历和人（不管是什么、是谁）与李昌瑞在这些页面中讲述的真实故事无关。

正如所有创意非虚构作品一样，故事不是关于一个人生活中发生的所有事情，而是关于具体发生的某些事情。由于李昌瑞使用了叙事元素将这一真实经历组合成一篇文章，我们在阅读这篇文章时被这些文字吸引。

在阅读扎迪·史密斯的《柬埔寨大使馆》时，我们也发现自己被文字吸引，因为我们在页面上来回移动，在每个部分的段落中向下移动。由于这个故事是一部散文作品，史密斯用散文的标志——段落来引导读者从一个思考过渡到另一个思考。当变化足够大时，史密斯就结束一个部分，开始新的部分。例如，当时间向前推移，或者当情节和人物以新的方式发展时，这一节就会发生变化。

虽然扎迪·史密斯出版过散文集，但《柬埔寨大使馆》最初是作为一个较长的短篇故事发表在《纽约客》上的，也被视为短篇小说。法图的挣扎让人觉得真实而紧迫，因为其中包含了现实生活中正在发生的困难和恐怖。虽然人口贩卖和现代奴隶制是真实而严重的问题，但史密斯在这里写的故事是虚构的，书中的人物也是虚构的。

但是等等，伦敦有柬埔寨大使馆，地址在威尔斯登格林（Willesden Green）。它还有一个网站！《地铁报》是一个真正的新闻来源，它刊登的文章就像法图在地板上找到的《地铁报》上读到的那样。

好的小说通常包含现实元素。一些好的小说是基于现实的，还有一些好的小说包含来自现实生活的情节或背景。当你想到这一点时，即使是设定在远离地球的世界里的小说，通常也会使用一些可识别的现实元素，比如在人物体验情感或吃饭的方式等小事上。

扎迪·史密斯的故事使用了很多现实元素，其中很多很复杂。史密斯的故事也是一部文学小说。文学小说经常处理困难的现实，无论大小。《柬埔寨大使馆》的内容涉及当前系统性、全球性的问题，一个难以忽视的棘手的现实。用我上面提到的术语来讨论人口贩卖太容易了。这些词语虽然是真实的，但并不能唤起人们的情感，也不能让人们感受到人口贩卖受害者的感受。更困难的是从个人角度来考虑人口贩卖。通过塑造法图（主人公），以及她生活的空间和奋斗的社区（背景），史密斯为读者提供了一种通过受害者的眼睛来认识人口贩卖的方式。

由于这个故事是虚构的，史密斯可以自由地创造细节，即使她写的是一个真实的问题。这些虚构的生活细节使法图成为一个可信的角色，同时也让读者看到了她的经历。0-7 节中有关键的角色细节，法图正在看她在地板上找到的报纸。"这并不是法图第一次怀疑自己是否应该被称作一个奴隶。"在这里，我们看到了法图的内心世界，意识到她问自己这个可怕的问题已经有一段时间了。当我们继续阅读法图的思想时，我们感到畏缩，因为当她确信自己不是奴隶时，她把自己和新闻故事中的女孩进行了不安的比较，向读者证实了法图过着现代奴隶的生活。我们还阅读了她的历史细节，即她从科特迪瓦到意大利的旅行经历，与她一起开始旅行的还有她的父亲。我们对这段话的理解足以让我们理解法图是如何走到今天的。

法图的情况是现实的。新闻报道中那个被法图比较的女孩也是如此。熟悉人口贩卖的读者会发现这两种说法都是可信的。不太熟悉这场危机的读者可以通过这个故事中的角色细节来加深对危机的理解。

与此同时，请注意史密斯是如何植入一些小的、令人难忘的角色细节的。法图和安德鲁一起去教堂，"就在基尔本大道附近"。她吃的蛋糕"由安德鲁买单"，她穿着"结实的黑色胸罩和一条普通的黑色棉质内裤"游泳。这些细节使法图成为人们关注的焦点，让法图不再仅仅是人口贩卖的受害者。

作为一名阅读作家，你会看到围绕人口贩卖的现实精心创作的小说是如何设计情节并使故事既紧张又刺激。当现实进入小说时，像扎迪·史密斯这样有技巧的作家会塑造对现实的包容，为叙事服务。换句话说，史密斯在发展叙事元素时，包括了对人口贩卖和其他现实的洞察力。

每个类型的作家都把他们的写作当作一种手艺，就像音乐家或艺术家把他们的原创性工作当作一种手艺一样。作家们花时间把文字加工成别人想要体验的东西。因此，从事阅读的作者（包括你和我）需要通过思考创作者的技巧、手艺来提升我们的阅读能力。当我们阅读本书的其余部分时，我们将审视创作手艺的关键要素，并探讨这些要素如何在每个作品类型中发挥作用。

讨论问题和写作提示

讨论问题：关注类型

1. 阅读几篇创意非虚构、小说和诗歌。首先，注意每一篇作品中是否有相似之处。接下来要强调的是不同类型的例子。

2. 阅读你感兴趣的文章、诗歌。在阅读每一篇文章时，考虑一下你所关心的问题。这其中的利害关系是什么？你从阅读文章中获得了什么？（你是在学习，你是在娱乐，你是以一种新的方式考虑一种情感或经历吗？）作为一个读者，当你阅读不同类型的作品时，你的关注点和收获是如何变化的？

3. 从阅读部分选择一篇原创作品。首先确定其类型，然后以读者的身份阅读该作品的内部。你认为作者为什么选择以这种类型创作该作品？你认为作者有什么特别的考虑？你赞同吗？作者必须面对哪些特殊的挑战？

写作提示：关注类型

1. 创作提示。

拿出你一直在考虑的一个写作想法。以三种不同的方式写出头几句或几行，来探索这个想法。不按特定顺序，把这个想法写成短篇小说的前三句、散文的前三句，以及诗歌的前三句。写完后，想一想在每个类型中写这个想法的可能性。挑选一个看起来对你最有说服力的，然后继续写！

2. 修改提示。

类型会在很大程度上影响读者阅读文本的方式。记住这一点，找一份你已经写过的故事、散文或诗歌的草稿。重读你的作品，然后换一种类型。用不同的类型来探讨相同的观点。当你写作的时候，考虑一下你可以在语言、真实性和内容方面做出哪些改变，因为你正在用一种不同的类型写作。

第2课　　混合体和多类型作品

超越固定类型的阅读

现在我们来谈谈那些难以定义的作品类型。写作是一件复杂的事情，拥有特别的形式。现在关于创意写作最令人兴奋的事情之一，就是越来越多的作家频繁地跨越不同的类型进行创作。换句话说，作家们把各种类型混合在一起了。如果你读过一本图像小说（graphic novel）或回忆录，那么你会想知道它们符合哪种类型的范式。有时候，创意写作并不完全与一种类型匹配。在第 1 课中，我们已经讨论了作家在一种特定类型中写作的情况。但毕竟作家的写作和心思都比较复杂，为了更进一步理解类型这个概念，让我们做一些修改：作家"有时"会在某一种类型中写作。在剩下的时间里，作家们在做写作方面的实验，扭曲、模糊、混搭和尝试打破类型界限。

如果类型是指运用一种类型写作，那么混合类型或多类型的作品就意味着使用一种以上的类型进行创作。还记得我们在第 1 课讨论过诗歌的亚类型吗？其中之一是散文诗。散文诗虽然属于诗歌这个大的分类，但它是将不同创作类型混合而产生的，这是一个典型的例子。这个概念是不是相对容易理解一些？我相信你此刻应该明白了。混合类型的作品可以与其他艺术形式相结合。例如，图像小说就是将小说与视觉艺术有机地结合在一起。

对作家来说，做些自己熟悉的领域之外的事情可以说是很有趣的。在我们进一步讨论之前，我想停下来解释一下，为什么任何类型的作家都应该花些时间，阅读自己领域之外类型的作品。在一个几乎所有事情都已经被实验并且被完成的时代，混合体的写作可以帮助我们为读者提供新的阅读体验，即使那些领域是我们已经比较熟悉的。阅读这类作品可以让不同理念的作家认识到这类可能性。

除了探索可能性之外，重要的是我们要记住，作为读者，我们是文学社区的一部分——这是相当重要的一部分！作为文学界的一员，就像任何其他团体的成员一样，时不时地走出我们自己的舒适区是很重要的。大多数读者和作家能在特定的体裁或类型中找到自在的感觉。阅读混合类型的作品则可以帮助我们走出固定的领地，走得更远。要成长为一名作家，或让自己成熟，我们需要不断地拓宽自己的视野，不把自己局限在已经学会的某个类别中。用最简单的话来说，阅读打破类型限制的作品可以让我们看到新的可能性，我们不必总是在这些限制中写作。读者和作家都需要记住这一点——包括写这本书的人。

命名并识别混合体和多类型作品

现在让我们回到概念上来。到目前为止，我们已经用了很多术语来描述这种模糊了类型界限的创作。这是因为有很多不同的术语在这里出现，它们随处可见，包括一些我们已经开始期待的作品。成熟的混合体包括图像叙事（graphic narratives）或其他图像散文（graphic essay）、文学摄影随笔、抒情散文、散文诗和舞蹈诗。

有些作家把模糊了类型界限的写作现象称为"多类型"或"跨类型"写作。有些人称这种写作为"混合体"写作，也有些人把这项工作简单地称为"实验性的"。虽然"多类型""跨类型""混合体"和"实验性的"都是最常见的术语，但也有一些作家和编辑使用更独特的术语称呼它们。例如，美国文学杂志《艺术与文学》（*Arts & Letters*）将打破类型界限的作品称为"不可分类的"，并每年举办一次同名的比赛。关键是，新作家比以往任何时候都有更多的机会阅读到这些类型模糊的作品，而每个人可能会使用不同的单词和短语来命名这类作品。当你阅读文学期刊、书籍和网络上的内容时，你可以训练自己的眼睛去关注那些打破类型界限的作品，并注意作家、编辑和文学界其他成员用来标记和讨论这些作品的词语。

现在，为了使这节课的内容简单些（或尽可能简单），我们将使用"混合体"和"多类型"这两个术语，我们将它们作为同义词看待。当我们在谈论术语时，你可能仍然想知道究竟如何识别一部混合类型的作品。

当你在阅读过程中，意识到你正在阅读的诗歌、故事或散文没有严格按照其类型定义行事时，你就在阅读一篇混合体作品。有些混合体作品已比较明确，比如散文诗和图像散文，就是我前面提到的例子。有些混合体作品，特别是那些更具实验性的，或采取刚刚出现的形式的混合体，更加微妙或难以归类。例如，你可能会发现自己在阅读一篇像大纲一样的文章，或一首像某种十佳名单的诗歌。或者你可能意识到你正在阅读一篇搭配了图像的散文，但它不完全是一篇图像散文或短篇故事。或者你可能发现自己在阅读一些根本无法归入任何既有类型定义的东西。当这种情况发生时，你知道你正在阅读多类型作品，而阅读多类型作品需要一些特别的考虑。

在本节课中，我们将讨论包括阅读材料和其他几课中提到的混合体作品。大多数混合体作品属于第 1 课中所涉及的四种类型之一。比如薇薇安·比库莱格的《剪报》（Cutting）、艾伦·迈克尔·帕克的《老年人恐吓年轻人的十六种方式》（Sixteen Ways Old People Terrify the Young）、格温·E. 柯比的《杰瑞的螃蟹小屋：一颗星》（Jerry's Crab Shack：One Star）、兰迪·沃德的《赫斯图尔：摄影随笔》（Hestur：A Photo Essay）、乔伊·哈乔的《恩典》（Grace）、普尔尼玛·拉克梅斯什瓦尔的《制图》

(Cartography)、索菲·亚诺的《矛盾》，以及克里斯·加尔文·阮的两篇推特微文（微型散文）。这是一个很长的名单，但当你开始以作家的方式阅读时，就不难发现，许多富有创造性的原创作品是从一种以上的类型中建立自己的形式。事实上，有时选择混合体可以更好，至少从阅读的角度来看，不可能分辨出该作品属于哪种类型。例如，普尔尼玛·拉克梅斯什瓦尔的《制图》就是其中之一。另外，《制图》可以被视为一部微型小说或散文、散文诗作品吗？我们将在本课后面继续研究拉克梅斯什瓦尔的作品及其作品对多类型元素的使用。现在，我们要知道，我上面列出的所有作品都属于或介于两个类型，我们将用来进一步细分我们对混合体或多类型作品的讨论：成熟的混合体（established hybrids）和新兴的混合体（emerging hybrids）。

成熟的混合体

我喜欢用这个词来讨论那些容易识别的混合体，它用自己的标签宣布自己的身份，并在文学界相对成熟。这些是我们已经开始期待的混合体。成熟的混合体包括图像叙事和其他图像散文、文学摄影随笔、抒情散文、散文诗和舞蹈诗。

图像叙事和其他图像散文

顾名思义，图像叙事结合了图像和文字。通常情况下，这类作品的写作和插图、绘图、插画、其他图像创作是由同一个人完成的。换句话说，大多数图像叙事通常（但不总是）由作者自己绘制插图。在传统的图像散文中，文字本身也是由作者手写的，而不是用预先设计好的字体打出来的，并与图像出现在同一个框架中。不过，在最近对这种混合体的一些探索中，作家们有时会在绘制的图像和手写的文字中加入电脑打的文字［你可以在《穆塔》（Mutha）杂志上免费找到一些例子］。

图像叙事可以是小说（图像小说或故事）或创意非虚构（图像回忆录或图像散文）。虽然现在大部分的图像散文是叙事性的，但也有一些图像散文并没有采取叙事形式。

无论是叙事性的还是其他形式的，图像散文都越来越受欢迎。在亚马逊网站输入"图像小说"或"图像回忆录"，你就会看到各种主题的小说和回忆录。你还会看到对经典作品的图像叙事改编，例如，安妮·弗兰克的日记和爱伦·坡写的故事。你会看到过去从未见过的用图形阐释主题的图像叙事，如艾琳·威廉姆斯《通勤：女性羞耻感的插图回忆录》，范纳克·安南·普鲁姆的《死眼与深蓝的海：现代奴隶制的图释回忆录》，以及米拉·雅各布的《好好说话：对话回忆录》，或雅各布在 Buzzfeed 网站上发布的一些图像叙事作品。

现在，我相信眼下这本书的读者对文学的理解和认识都比较深入，知识面比较广，我想接着再讨论一下这些术语。图像小说和图像回忆录正在成为文学界常用的术语，即使大家对它们的理解还不是很统一。尤其是，作家和编辑也使用其他术语。如果你查看亚马逊搜索中的标题，你会注意到副标题中的单词，例如"插图"和"漫画"。一些作家和编辑回避这些术语的原因是，它们与报纸、漫画和儿童读物有关，但这些术语仍然可以用来描述为成熟读者撰写的严肃的图像散文。因此，在寻找优秀的图像散文读物时，注意不要忽略带有包含这些术语的相关作品。

文学摄影随笔

摄影随笔起源于摄影记者，可以追溯到《生活》杂志，这是第一本采用照片而不是插图的新闻期刊。新闻摄影虽然引人注目，但属于报告文学的一部分，而不是创意写作。然而，近年来，一种新型的摄影随笔在文学界大量出现。这种文学摄影随笔关注的内容和形式都和报告文学不同，在文学杂志、网站和其他地方都可以看到它。

与图像散文一样，文学摄影随笔结合了图像和文字。与图像散文不同的是，这些文字是打出来的，不是手写的。出现在文学摄影随笔中的照片通常是由作者拍摄的，在少数情况下，会由摄影师、作者的团队拍摄。虽然文学摄影随笔可能没有一个标准的格式（这或许是好事），但有两种常见的结构。第一种包括一段文字介绍，然后是带有简短说明的照片，说明照片的主题，并提供一些附加信息或注释。第二种是将文字段落与照片图像穿插在一起。

阅读图像散文和摄影随笔时的注意事项

作为社交媒体的狂热用户，我们大多数人已经习惯于将图像与文字一起阅读。然而，阅读图像散文和摄影随笔，需要一种特殊的图像阅读方式。在图像散文和摄影随笔中，文本和图像共同讲述一个故事。与其他许多采用图像的写作形式不同（例如，营销报告），创意图像散文中的图像并不重复展示文字所表达的内容。当创意作家阅读图像散文和摄影随笔时，会注意看文本和图像如何对话，如何互动。阅读图像散文和摄影随笔的另一个聪明方法是，根据作者能够用图像让你理解的东西，批判性地思考作者用文字说了什么、哪些没有说。

图像叙事中的特殊术语

像作家一样阅读图像叙事也意味着，我们需要了解该方面的一些术语。以下是最重要的**图像叙事术语**（graphic narrative terms）。

界面：包含图像的每个单独的帧。每个界面一般会呈现一个行动单元。通常，界面也包含文本。有时，界面仅包含文本。我们看到的页面上界面的空间排列就是作者组织故事的方式。作者根据他们想要在一页上提供的信息内容来改变界面的大小和排列。

边框/框架：围绕界面绘制的线条或边框。

缝隙：不同界面之间的空间。沟槽则是界面之间的过渡。

分层：一排界面，在页面上移动。

标题：叙述性的线条或文字块，通常在一定程度上与界面中的图像分开。标题可以包含图像中没有解释的任何叙述元素。

言语/思想气球：又称气泡，它包含了人物的对话或想法（内部对话）。

声音效果：说明声音的拟声词，通常用特效字画。

人物：人物的画像，人或其他。

在索菲·亚诺的图像小说《矛盾》中，作者用标题来叙述——索菲的故事是如何在巴黎结束的。其他的文字是索菲在一个言语气球中的对话和声音效果。在一个页面中，界面被索菲进入博物馆的形象所主导，而说明则集中在她的过去。就叙事时间而言，图像、对话和声音效果在叙事的"现在"起作用，而说明的内容则在叙述过去的时候起作用。索菲用图像（伴随着声音效果和言语气球）来推进叙事，讲述索菲现在发生的事情，这是叙事的"现在"。索菲用标题来解释故事开始之前发生在索菲身上的事情，则是回到叙事的"过去"。

在不看说明或声音效果的情况下，我们能猜测到具体页面是关于什么内容的吗？一个希望拥有一辆自行车的女孩的故事？在不考虑图像内容的情况下，再阅读标题和声音效果，会发现她的背景故事——她的年龄，她对父母充满冒险的过去和她自己不太冒险的生活的思考。再结合图片阅读标题，我们就会有一个整体的画面感，一个包括这个年轻女人对发生的事情的渴望和对自行车的渴望的画面。

图像叙事中文本和图像之间关系的另一部分是文本和图像的位置。这一页上的大多数板块都有标题。有一个界面上没有标题，但有左上角图像中的"速写"这句话作为声音效果。当一个界面没有标题或根本没有文字时，我们就会以不同的方式来阅读它。我们只阅读图像。图像在页面上有不同的分量，因为它没有被文字平衡。《矛盾》中索菲凝视自行车广告的形象就具有分量。注意我们如何看到座位、车轮和索菲的呼吸。有相关的预示吗？有些事情将要发生；它将涉及一辆自行车，而且它将把索菲带到她以前没有去过的地方。

精明的图像散文读者还能从图像散文的手绘文本中识别出某些意图。我们不只是阅读文字，我们还要看这些文字的书写方式。这里包括一些重要的问题：这些单词是全部用大写字母还是用传统的大写字母和小写字母混合来写的？它们是用黑色还是用其他颜色写的？字母是尖尖的、锯齿状的还是圆圆的、光滑的？

在《矛盾》中，所有单词都用了大写字母；单词都是黑色的；字母有漂亮的尖头，但不是锯齿状的。所有这些都会引起读者情感上的某种反应，或反映出故事中的一些重要元素。我们在阅读图像散文时回答这些问题，将有助于了解作家、图像艺术家是如何构建作品的。在图像散文中，手书文本是总体理解作品的另一个重要部分。在《矛盾》中，黑色的文字与整个叙事过程中使用的黑白色调相呼应。字母的形状是作者索菲创作风格的一部分，字母的风格也与叙事相吻合，叙事给人凄美和狡黠之感。

此外，作为读者，我们的工作不能停留在这里，还需要注意颜色在叙事中的作用。在《矛盾》中，颜色是相反的，不完全矛盾，但接近矛盾。另外，在黑白两色中，我们并不关注欧洲留学环境的字面色彩。相反，我们只能专注于主角索菲，以及她在做出一个又一个选择时发生的事情。

我们上面讨论的大部分内容也适用于阅读文学摄影随笔。像阅读图像散文一样，我们在阅读中寻找照片和文字之间的互动。照片和文字都是一个整体的构成要素。我们在阅读摄影随笔时，知道作者在文章中采取的表达方法将与作者单独使用文字时有本质上的不同，就像马赛克艺术家在用单个碎片而不是在一块固定的画布上创作一幅画时，对主题的处理方式也会有很大不同。

虽然摄影有自己的术语词典，但文学摄影随笔却没有。在另一本书中，我们可能会讨论照片本身的技术问题，但当我们作为作家阅读文学摄影随笔时，我们只需要我们已经知道的术语：

照片：照片本身。

布局：照片在页面或屏幕上的排列方式。

标题：出现在照片下面的文字，以提供背景、额外的信息，或将叙述转移到一个它不能单独到达的地方。

段落：文字的段落。

摄影随笔的整体组织以及标题和段落的使用由创作者自行决定。摄影随笔的作者可以决定以段落的形式写一些文字介绍，就像兰迪·沃德的《赫斯图尔：摄影随笔》中所做的那样。或者作者可以在照片之间编织一段文字，它可以包括或不包括标题。

请看一下兰迪·沃德的《赫斯图尔：摄影随笔》节选，其中包括文字介绍和第一张照片及照片说明。

急切地想要下船，我开始把行李收拾成一堆，堆放在泰斯廷号隆隆作响的船舱上。船体打开时，渡轮的液压装置发出尖锐的叫声，舷梯开始向赫斯图尔废弃的码头的方向颠簸下降。沉重的舷梯撞击在雨水浸湿的水泥地上，发出的最后一声巨响让我退缩了，然后我突然明白了：我是那天下午唯一一个上岸的人。其余乘客正在等待渡轮恢复继续穿过斯科普纳尔峡湾的航线，前往人口较多的桑杜尔岛。

赫斯图尔，字面意思是"马"，在苏格兰西北偏北部，是位于大西洋北部冰岛和挪威之间的 18 个被风暴席卷的岛屿之一。这里有着自己独特的语言、文化、议会和旗帜。行政中心托尔斯港及其市政府辖区内的周边村庄，是群岛总人口 52 000 人中近 20 000 人的家园。2005 年，赫斯图尔的 20 名居民加入了托尔斯港市政府，但该村本身的人口仍在减少。那些留下来的人，其中大多数已经达到或远远超过退休年龄。他们既要从事农业、渔业生产，又要在公共部门兼职，为岛上居民提供服务。

尽管许多人将赫斯图尔称为"垂死的村庄"，但我目睹了这里的传统、各种善良的行为和内敛的奉献精神，它们支撑着这个社区的基础设施和士气。这些感人的事迹在家庭或个人之间微妙的紧张关系面前显得更加难能可贵，这些紧张关系是几代人积累下来的怨恨，偶尔威胁着村庄微妙的平衡。

不可避免地，我也成为赫斯图尔村动荡的社会潮流的主题。作为一名新来岛上的人，岛上最年轻的居民，一位独立就业的单身女性，而且还是一位外国人，我的生活充满了解读的空间；没过多久，我的日常和社交活动就受到了各种各样的审视。然而，正是这种强烈的亲近感和孤独感的复杂配置，使我在赫斯图尔的时光，在法罗群岛度过的最后 6 个月，变得格外生动。我体验并见识到了令人难以置信的生活和人性，并经常参与其中，几乎到了难以承受的地步。

无论我是在羊圈里帮忙，还是在晒新割的干草，或是和约尔莱夫进行着一场多彩的对话，教约蒙德如何使用电子邮件，抑或是借埃伯的晾衣绳用一个下午，也许我最温柔的团结行为就是在晚上打开厨房的灯，让人们看到我还在那里。

在栈桥上晾干草

法罗群岛位于北纬 62°，属于海洋性气候，因此很少出现持续性的干旱天气。每年平均有 260 天降水。因此，农民很难晒干足够的干草，把它作为牲畜的冬季饲料。一些农民利用木头的支架和海风晾晒他们收割的牧草。

就像所有的文学摄影随笔一样，在《赫斯图尔：摄影随笔》中，文字在页面上占据了独立的空间。就像索菲·亚诺的图像叙事中的文字和图像一样，兰迪·沃德的文章中的文字和照片都不会有完整的意义。但与索菲·亚诺的作品不同，在沃德的文章中，文字停留在图像的框架之外。

作为作者，我们阅读文学摄影随笔时常常会审视文章使用的格式，注意文字和照片在页面或屏幕上的排列。我们在页面上首先注意到的是什么，是照片还是文字？是在一系列摄影图片之后或之前有几段文字，还是照片与文字交织在一起？作者是用传统的标题来搭配照片，还是用其他东西？当我们回答这些问题时，我们就可以弄清楚这些选择是如何使摄影随笔作品发挥作用的。沃德自然地告诉我们她的到来，并对这个被认为是"垂死的村庄"的地方做了一些凄美的介绍。像传统的照片标题一样，沃德的标题告诉我们看到了什么——但它们也做了一些别的事情。它们给我们提供了更多关于这个地方的事实，这些事实加深了我们对这个地方的理解，提供了信息并增加了作品的独特美感。

就像作家在阅读文章时考虑作者如何安排文字段落一样，当作家阅读摄影随笔这类文章时，需要考虑作家、摄影师如何安排照片。例如，在沃德的摄影随笔作品中，图片在鲜明的风景和满脸皱纹的人之间不断变化。作为读者，我们要通过照片的编排和内容来了解这个地方，注意哪些照片出现在开头、中间和结尾，分析哪些照片被特地组合在一起，并思考作者、摄影师将照片和文章放在一起的方式，这是像作家一样阅读摄影随笔的一个重要训练。

读者在阅读图像时也会"阅读"颜色。在《赫斯图尔：摄影随笔》中，我们看到的图像是鲜明的黑色和白色，与页面上打印文字的色调相同。看到这个地方的鲜明的黑白图像，影响了我们阅读文章的方式。现在想象一下，如果你是在阅读彩色的图片，你可能会有的不同感受和解释。

当我们学习了本书的其他几课后，我们将更多地思考摄影随笔中文本和图像之间的关系。现在，是时候转向其他混合形式了。

抒情散文

早在第 1 课中，我就提到抒情散文是创意非虚构的一个分支，事实也是如此。作家有时必须要有灵活性，至少在我们想让自己的作品文字保持流畅时需要这样做。谈论抒情散文让我们有机会考虑这样一个想法：一些创意写作形式就其本质而言可以被视为混合体，即使它们也是一种体裁的既定组成部分。

抒情散文在创意非虚构类型下存在了几十年，它的根源在于散文和诗歌。抒情散文的名字来自其写作的诗意或抒情性，与散文的字面意义相融合。它较为注重事实，但在思想之间留有诗意的空间，这些思想往往像抒情诗一样，通过联想和情感联系起来。简单地说，在抒情散文中，我们的阅读重点是与抒情有关的。在阅读抒情散文时，我们要考虑的是这种往往被视为诗歌传统一部分的抒情性，是如何为散文家提供有效的沟通思想的方式的。

薇薇安·比库莱格的《剪报》是一篇抒情散文。就像有些抒情散文的情况一样，《剪报》在类型上混合了一种以上的文学类型。我们也可以把它看作一篇分段式散文或一篇混合体散文。

1. 信息

A.

《纽约每日新闻》的档案中有一张照片，照片中莱比·克莱茨基正在街上等待李维·阿隆来支付他的牙科账单。这名布鲁克林的男孩在从夏令营回家时迷路了，这一时刻于 2011 年 7 月 11 日被监控摄像头捕捉到了。莱比等了七分钟才坐上阿隆 1990 年款的本田雅阁，他相信下一站会是家。

B.

我带着我的比格犬托比沿着库沙河边的小路散步。一条潮湿的溪流从河流中分离出来，汇入沼泽森林。我们玩着一个跑步的游戏，来到了南卡罗来纳州低地的一个沙丘上。当我等待我胖乎乎的朋友时，我看到一只白色的苍鹭用细长的腿在稀泥中涉水，安静而专注。

在上面的节选内容中，我们可以看到将看似不同的想法联系在一起的作品。我们从一个意象"一个男孩坐上了阿隆 1990 年款的本田雅阁"，转到另一个意象"一个女人正在和她的狗玩耍"，以及"一只白色的苍鹭用细长的腿在稀泥中涉水"。作为读者，我们可以沉浸在抒情的语言中，在这些情景之间展开联想。

散文诗

散文诗的名字很贴切，它告诉我们混合体发生在散文和诗歌之间。在散文诗中，读者会发现一首诗可以段落形式书写，这是新鲜的体验。在散文诗中，我们会发现诗意的语言、联想和情感，但当我们阅读这首诗时，它不会有我们熟悉的与诗歌相关的换行和留白。

为了开始我们的散文诗讨论，一起看看乔伊·哈乔的作品《恩典》（节选）。

> 我想起了风和她那放纵的行径——那一年我们一无所有
> 却在狐狸的诅咒之地失去了一切。我们仍旧谈论起了
> 那个冬天，寒冷如何将虚幻的野牛冻结
> 在雪堆的地平线上。饿殍和长着残肢的幽灵之声
> 破坏了栅栏，粉碎了我们温暖的梦想，我们再也无法
> 忍受一次。于是我们再一次在固执的记忆中遗失了一个冬天，
> 穿越破旧公寓的墙壁，滑过幽灵出没的田野，进入
> 一个从未接纳我们的小镇，进行着漫长而艰难的寻找恩典之旅。

在这里，诗人哈乔探讨了"流离失所的人"的集体记忆，以及她和她的朋友们作为美国原住民所经历的偏见，他们"滑过幽灵出没的田野，进入/一个从未接纳我们的小镇"。自从第一次写《恩典》以来，哈乔以各种方式写了这首诗并进行了讨论，告诉我们这首诗是关于她读研究生时候的生活的。我们知道，这首诗本身已经蕴含了某种真相，但对它的理解并不容易。虽然这首诗是用完整的句子和段落组成的，但读者仍然需要在单词、短语、图像中进行推断，把这么多令人不安的历史和生活经验汇集到一首诗中。段落形式掩盖了遭受偏见和被迫历史迁移的人们的复杂性和情感。为了在诗中看到这一切，我们必须在各段或各节之间做出推论，以及在正在进行的"寻找恩典之旅"中做出推论。

从本质上讲，散文诗本身就是一种混合体，与抒情散文有许多共同的特质。许多作家和读者将散文诗与创意非虚构联系在一起，因为像《恩典》一样，许多散文诗确实拥有字面的真实性。然而，正如其他形式的诗歌一样，散文诗注定只能讲述诗意的真相，所以最好将散文诗与一般的散文而不是特定的散文体裁联系起来。

区分散文诗和抒情散文或抒情小说可能是一件很棘手的事情，尤其是当散文诗是长篇的，而抒情散文或故事是短篇的时候。由于段落的形

式，散文诗和抒情散文的一个共同特质是相似性。在这种情况下，如果我们找到一部似乎介于这两种形式之间的作品是多么有意思的发现！

当你遇到这样的散文诗、抒情散文或短篇小说时，首先欣赏它的文学美感、多变性，然后注意作者如何将它分类发表。如果它是作为散文诗发表的，就把它作为一首诗来读（它拥有诗的真理），并注意散文形式使诗发挥作用的方式。如果它是一篇散文，则在阅读时要认识到字面的真实性，并考察其抒情性。

无论哪种方式，阅读这些混合体的作品都需要探索散文和诗歌的特质，并注意到每一种特质是如何影响作品的。例如，在阅读普尔尼玛·拉克梅斯什瓦尔的《制图》时，重要的是带着这个问题去阅读：为什么拉克梅斯什瓦尔将散文的形式融入这首诗？将一首诗写成段落的形式，用散文诗进行表达，这使得该诗的本质与传统的断句诗的本质有很大不同。另一种思考方式是，我们在阅读散文诗时，要训练自己把注意力放在散文方面。我们现在可以用下面的《制图》节选试试：

> 她对阿姆斯特丹充满兴趣。那个臭名昭著的红灯区，咖啡馆，她已经在准备她的待办事项清单，而他想去威尼斯——船夫在唱歌，浪漫在流淌，还有她。
>
> 他们各自沉醉在自己的梦里，而地图引领他们前往他们想去的地方。

在《制图》中，我们一直被折叠在诗的段落中。读者无法跳出这些段落，就像诗中的"他"和"她"无法跳出他们的地图梦，进入真正的旅行一样。在散文诗中，段落的整齐外观可以通过把读者关在段落中来提高诗的情感张力。

散文诗也将诗歌的情感和意象置于段落形式的整洁性之中。在《制图》中，段落反映了周年纪念日的到来和离去，除了地图和最终放弃周年旅行的想法外，没有什么大惊小怪。不过，请注意诗中的凄美语言，这些语言告诉我们这些人受到了伤害，即使这种伤害是平静而整齐的，就像一个段落。

关于《制图》的一个有趣的附带说明：我们之所以把这部作品作为散文诗来讨论，是因为拉克梅斯什瓦尔把它写成了散文诗。但请记住我所指出的，在混合体作品中，文体类型的界限是多么模糊。《制图》最初是作为一篇微型小说发表的，你明白为什么吗？正如《制图》是一首散文诗一样，它也是一首叙事诗。拉克梅斯什瓦尔在这里讲了一个故事，由于其采用的是散文形式，它适合作为微型小说来阅读和发表。《制图》在混合文体方面做得非常好，以至于仅靠阅读无法命名其类型。像我们在这里所做的那样，以作家的身份阅读《制图》之后，我们可以识别它涉及的所有体裁元素：叙事、诗歌、散文。但我们能确定这首作品是散文诗的唯一方法，是因为——好吧，原谅我这么说，我可以自信地这么说，因为我问过拉克梅斯什瓦尔本人，她说自己最初是把这首诗写成散文诗的。你可能已经在想，我们之所以能把《制图》也认定为微型小说而排除微型散文，是因为该作品最初就是这样发表的。有时识别混合体作品要看作家或编辑的决定。

舞蹈诗

恩托扎克·香格（Ntozake Shange）是一位经常进行混合体作品创作的作家，这简直就是她的标志。她是第一个使用"舞蹈诗"（choreo-poem）一词的作家。她发明了这个词来描述自己的开创性作品《当彩虹不再时：献给曾考虑自杀的有色人种女孩》（*For Colored Girls Who Have Considered Suicide When the Rainbow is Enuf*）。在 1975 年，这部作品可能只是被称为一部戏剧，但这并不是一个准确的描述。

在页面上，舞蹈诗读起来、看起来都很像诗歌。但在舞台上，舞蹈诗则使用类似舞蹈的动作和歌曲的元素。香格给这种作品起了一个新的名字，这个名字就这样留下来了。从那时起，许多其他作家，单独或合作，写过许多舞蹈诗。在某些新的社交媒体上，你输入"舞蹈诗"，可以看到新兴作家、知名作家和学生们写作课的作品样本。你也可以在那里找到香格的作品。

虽然舞蹈诗是戏剧创作体裁的一部分，但它同时也是诗歌的一部分。由于许多诗歌的作者和读者认为，诗歌是用来朗读的，因此舞蹈诗也不失为一种新的流派。像所有的诗歌一样，当我们阅读一首舞蹈诗时，我们会期待一个诗意的真相，可能包含也可能不包含字面的信息。不过，在阅读舞蹈诗时，我们也会寻找我们在阅读戏剧时看到的某些要素，如舞台指导、对话和人物描述，而且我们会期望这些话是由人物说出来的，就像在其他戏剧作品中一样。

与任何表演作品一样，我们在阅读舞蹈诗时也要记住，它是为舞台准备的。阅读舞蹈诗时要想象它们在舞台上的外观、声音和感觉。想象导演和观众会给作品带来的丰富层次。毕竟，这就是作家们在写舞蹈诗时所做的事情。

新兴的混合体：借用清单形式（具体）和借用其他形式（一般）

有两种混合类型似乎正在文学世界中确立自己的地位：借用清单形式的创意写作和借用其他形式的创意写作。两者的使用现在变得越来越广泛，我们可以认为它们是新兴的。在这两种情况下，作家使用了一种历史上不属于创意写作的写作形式或模式，另一种特别的方式则是创意写作被改换成其他东西。

清单文学和诗歌

清单形式的创意写作（当然）是创意写作借用了清单的形式。作家们现在正在使用这种特殊的借用方式，足以让我们认为清单文学是新兴混合体。我们可以认为清单文学是一个特定的亚类型，如果你愿意的话。重要的是要知道，清单可以有许多不同的结构，从带有简短条目的编号清单（见本课中艾伦·迈克尔·帕克的清单诗）到以段落形式书写的清单［要想获得各种清单结构，请在网上浏览《短暂》（Brevity）杂志］。

直到最近，清单都只是一种日常记录形式而已。人们制作待办事项的清单、杂货清单、利弊分析清单、包装清单等等。前深夜电视节目主持人大卫·莱特曼甚至还有一份推广喜剧前十名的清单。

为什么有人会做一份清单？为什么有人会阅读清单？清单是一种简明扼要的方式，用来记下（写作）或收集（阅读）一系列相关的想法。这些想法是如何联系起来的，取决于清单的类型。通常情况下，清单的标题或标签会告诉我们如何理解这种关系，就像莱特曼的喜剧前十名清单那样。

当我们阅读清单文学时，我们是在阅读一系列有内在联系的想法。但如果我们是把清单作为文学来阅读的，这就意味着我们希望得到某种快乐，我们希望发现语言的美感。清单文学的标题与作品的其他部分一样重要。在任何清单文学作品中，标题都是关键，它告诉我们如何阅读文章或诗歌。事实上，浏览清单文学的标题可以作为作家的一项重要阅读活动，我们大多数人可以在自己的智能手机上做这项活动。例如，尝试访问 *Brevity* 杂志的网站，浏览清单列表式的文章标题。清单形式可以与任何体裁混合，但清单形式的作品似乎在创意非虚构和诗歌中出现得最多。仔细阅读不同体裁的列表作品，将有助于我们了解如何在我们选择的体裁中写出清单形式的文章。

当创意作家使用清单形式来创作故事或诗歌时，他们要求我们以阅读清单的方式来阅读文学作品。想到这个类别，我们会在清单上的各个条目之间产生联想。清单文学作品总是告诉我们将阅读的清单类型或类别，并且通常会提示我们在阅读清单时应该做何联想。

请看艾伦·迈克尔·帕克的诗《老年人恐吓年轻人的十六种方式》。从标题中，我们作为读者可以感受到老年人这个类别，他们与年轻人之间的联系，他们令年轻人害怕的种种方式。

老年人恐吓年轻人的十六种方式（节选）

1. 他们彼此交欢。
2. 他们驾车四处游荡。

3. 他们假装在思考。他们假装没有思考死亡。

4. 潜入海浪（穿越时间）跳水的活力，或冲向爱情的身体飞溅而起的水花。海洋，若非用来游泳，又有何用。

当清单中的条目被编号时，我们需要考虑为什么会有这些数字。编号的条目是否会像"十大"榜单那样，前后可以有一种呼应，形成一种高潮？当你读帕克的诗时，注意诗的情感是如何随着编号数字的增加而渐渐加强的。读一读第 16 个条目是如何达到高潮的，这是作品的一个结尾。

不过，无论有没有编号，清单文学给读者带来的都是以两种不同方式阅读作品的机会。清单列表从根本上说不是一个原创性的作品。当清单被应用于一首诗或一篇文章时，它已经无形中打破了一个规则。这种尝试的结果是重塑了我们自己的阅读方式。混合体作品引人注目的一个原因正是，它使我们以不同于平常的方式进行阅读。

再看一下帕克的诗。我们上面讨论的方式听起来很有趣，这首诗的部分内容也很有趣，但这不是一首幽默的诗。这首诗涉及衰老和死亡等可怕的概念，以及我们这些不算是老年人的人是如何对即将到来的那些日子感到困惑和恐惧的。在这首诗中，帕克应用了一个编号的清单。现在我们读到的是我们自己对衰老、死亡和濒临死亡的看法，是用诗歌的凄美语言精心制作的，而这一切都在一个编号的清单中。一张清单把我们带到了，也把这首诗带到了一个人死在沙滩上的悲壮时刻。突然间，我们感到脚下的世界似乎在摇晃。

我们不期望人们在清单中死亡。清单形式的作品蕴含了我们在列表中没有想到的形象和主题。这就是清单的作用，使清单形式的作品更具有说服力。当我们作为作家阅读清单形式的文学作品时，我们需要做的部分工作是弄清楚为什么把这些内容放到清单中会带给读者更大的震撼。

借用其他形式：伪装成其他东西的创意写作

说到混合体作品动摇了文学的某些基础，作家们混合作品类型的另一种方式是使创意作品看起来和理解起来完全像另一种写作。从本质上讲，这与清单文学的运作方式相同，但作家不是在玩清单形式，而是在玩别的东西，另一种原本不属于创意写作的写作形式。在我们继续之前，我想澄清的是，变相的创意写作可以在任何体裁中找到，但有时它有其他的术语指称。"寄居蟹"是一些作家用来描述这种借用形式的一个术语。两位创意非虚构作家布伦达·米勒（Brenda Miller）和苏珊娜·宝拉（Suzanne Paola）在一本关于创意非虚构写作的书中创造了这个术语，所以"寄居蟹"是一个最适用于论文的术语，尽管它可以适用于任何体裁。而"发现"则是另一个偶尔会用来描述这种借用形式的术语。

无论我们用什么术语来命名它们，当我们阅读借用了创意写作之外形式的混合体作品时，我们需要注意借用的这种形式对作品意味着什么。例如，当我们读到一个看起来像 Yelp 评论，但实际上却是短篇小说的作品时，会发生什么？作为一名读者，我们会运用我们对 Yelp 评论的了解来解读这个作品，但这个故事有一个我们以前没有见过的、没有想到的角度。当我们阅读一个假装是别的东西的创意作品时，我们通过不同的视域来阅读。当我们作为作家阅读这些作品时，我们要注意作家如何构建镜头，以及镜头如何改变读者对作品的关注和体验。

格温·E. 柯比的短篇小说《杰瑞的螃蟹小屋：一颗星》和薇薇安·比库莱格的散文《剪报》，都大胆地借用了其他形式。《杰瑞的螃蟹小屋：一颗星》在其标题中告诉我们其形式。而《剪报》采取了学术大纲的形式，尽管它实际上是一篇抒情散文。就像我们讨论过的其他混合体作品一样，这两部作品都是其分支类型的成员（分别是小说和创意非虚构），但它们也都是多类型的混合体作品，因为它们将其他类型写作的特质吸收了进来。

我们都读过网上评论。网上评论是社交媒体的一种发言形式。任何可以上网的人都可以发布，而且任何人都会这样做。有时，这些评论会让人感到有点不舒服。如果你不相信我，请阅读瑞秋·赫伦（Rachael

Herron）在亚马逊网站或其他社交媒体上的 Diva Cup 评论。有时，怪异是好的——就像瑞秋·赫伦的 Diva Cup 评论一样。有时，怪异就是怪异。这就是柯比以 Yelp 评论的方式讲述的短篇故事的基本效果。

柯比的故事《杰瑞的螃蟹小屋：一颗星》中，有一个关系解体的故事，在解体的过程中，两个恋爱中的人在餐厅里制造了一场恶作剧，或者说，他们并没有想制造一场恶作剧，但却发生了一场恶作剧。这可能是一个已经发生过的故事——正如他们所说，但那时它没有被当作 Yelp 的评论。Yelp 的评论使这个故事成为现实。模拟评论给了这个故事一个形式——评论——和一个框架：为了在评论中发挥作用，整个故事只能以被评论的餐厅作为故事的背景来讲述。

比库莱格的文章《剪报》，使用的方式有点不同。下面我们再次阅读节选的内容。

1. 信息

A.

《纽约每日新闻》的档案中有一张照片，照片中莱比·克莱茨基正在街上等待李维·阿隆来支付他的牙科账单。这名布鲁克林的男孩在从夏令营回家时迷路了，这一时刻于 2011 年 7 月 11 日被监控摄像头捕捉到了。莱比等了七分钟才坐上阿隆 1990 年款的本田雅阁，他相信下一站会是家。

《剪报》借用了学术纲要的结构和形状，使用了编号和字母的惯例："1、A、B、C、D"" 2、A、B、C、D"等。阅读《剪报》，我们知道我们将得到一个故事，我们必须像拼凑大纲中的信息那样拼凑（请注意标题是如何挑起这个话题的，以及玩弄一个更可怕的想法）。仔细阅读《剪报》意味着在我们阅读简短的编号和字母部分时，要认识到大纲的工作方式，这些部分加起来才是一个整体。不过，《剪报》读起来并不像一个大纲，就像柯比的故事读起来像 Yelp 评论一样。由于这个原因，《剪报》并不完全适合于假装成其他东西的创意写作类别。

无标签的多类型作品

有些多类型作品并不张扬自己的特点。这些是混合体作品，读者和作者都无法将其标记为我们在此讨论的既定或新兴的混合体之一。《剪报》介于假装是别的东西的写作和没有标签的混合体之间。《剪报》调用了大纲的惯例，但它并没有模仿大纲。相反，比库莱格将散文与大纲混合在一起，给读者一种方法来理解她在这里拼凑起来的碎片。

要找到其他没有标签的多类型创意写作，可以在文学杂志、文学博客和作者的网页上阅读。例如，你可以在搜索引擎上检索 Monica Ong，点击她的画廊，并阅读或浏览许多将写作和图像分层的混合作品。或者你可以访问本·卡特怀特（Ben Cartwright）的网页，点击他的作品 Looney，看看他使用彩色文字栏的方式。

当你确实遇到一篇违背标签的创意写作时，请仔细阅读和观察，以弄清这篇文章在做什么。在每一种情况下，作家都在使用混合的方式来创造意义，就像比库莱格在《剪报》中所做的那样。换句话说，作家正在告诉你一些没有这种混合或分层的体裁就无法讲述的东西。阅读这种多类型作品，需要读者随着文字的出现方式来阅读。如果这些词以列的形式出现，出现在图表中，或作为图像的一部分，阅读时要考虑它们的外观如何影响作品。

阅读混合体和多类型作品

你现在可能已经猜到，在这一课中，我们不可能把读者可以找到的每一种混合体作品都讨论一遍。即使我们可以，但作家们每天都在出版新类型的混合体作品。创意写作的混合体作品可以在小册子、书籍和个人作品中找到，可以在印刷品和网络上发表。甚至还有一些出版物本身也在接受混合体的概念。两个例子是《A3 评论》（*The A3 Review*）——一本像地图一样折叠的英国文学杂志，以及《鸣叫》（*Hoot*）——一本每个月在明信片上出版的小型文学杂志（请在网上查看其美学追求和投稿指南）。虽然这些杂志并不只致力于出版混合体的作品，但它们地图和明信片形式将这些出版物带入了混合领域，并改变了读者接触其内容的方式。

无论你阅读哪种形式的混合体作品，当你用作家的眼光来阅读这些作品时，最重要的是弄清楚类型转换给作品带来了什么。

讨论问题和写作提示

讨论问题：关注混合体和多类型作品

1. 普尔尼玛·拉克梅斯什瓦尔的《制图》和索菲·亚诺的《矛盾》在多个方面都是混合体，解释为什么这样说。请务必指出每位作者在创作其作品时分别运用了哪些类型或形式。

2. 阅读格温·E. 柯比的作品《杰瑞的螃蟹小屋：一颗星》，乔伊·哈乔的《恩典》，以及兰迪·沃德的《赫斯图尔：摄影随笔》（见附录）。在阅读时，请注意如何调整你的阅读方式来适应这些混合体作品。阅读这些作品，与阅读其他短篇小说、散文或诗歌有什么不同？你会特别关注作品中的哪些元素？

3. 从我们确定为混合体的作品中选择三篇［例如：艾伦·迈克尔·帕克的诗《老年人恐吓年轻人的十六种方式》，克里斯·加尔文·阮的推特微文（见第 3 课），以及薇薇安·比库莱格的《剪报》］。解释每位作者如何使用混合体的形式，以引人入胜的方式处理不同题材。思考为什么这些作者选择打破传统的类型边界。列举至少三个例子，详细说明类型转换给作品带来了什么效果。

写作提示：关注混合体和多类型作品

1. 创作提示。

正如你从本书中的类型转换读物中所看到的，混合体或多类型作品构成了广泛的创意写作领域。以附录中的一篇阅读材料为灵感，草拟你自己的混合体作品。如果你还具备摄影或绘画的才能，请在你的混合体作品中发挥这些才能。如果你更倾向于坚持使用文字创作的形式，请尝试将多种写作风格融合，创作一种你以前没有尝试过的形式来草拟新作品。

2. 修改提示。

有时候，对我们来说，最好的修改方式是彻底修改。选取你一直在创作的某篇作品，进行修改，突破类型的边界。在计划修改时，请记住，类型转换不仅会为作品增添新的元素，还会改变读者与作品互动的方式。

第3课　短篇形式和数字媒体

首先请注意，本章的篇幅将会比较短。我们接下来主要讨论的是短篇作品的形式问题。形式对于短篇作品非常重要，同样重要的还有出现在数字媒体上的原创作品，包括推特——这是一个拥有很低的字数限制的数字平台。

长篇与短篇形式

一种篇幅并不能适应所有的内容——即使在同一种类型中也是如此。虽然自 19 世纪以来，短篇小说在不断地发表，但是当代读者应该能注意到短篇和微型文章的形式越来越受欢迎。直到最近，使用压缩词数的创意写作作品通常属于诗歌领域。虽然一些诗歌形式，如俳句，经常与诗歌中的"短"（short）概念相关联，但更短的诗歌自有文字以来就已经出现了。换句话说，自人们开始阅读和写作以来，短篇诗歌就一直存在。在散文出现之后，诗歌似乎给人的印象就是一种字数较少的原创作品。

然而，在过去的几十年里，短篇散文找到了更多的路径。由于它在文学世界中越来越流行，现代短篇散文将成为我们这节课讨论的重点。小说和创意非虚构作家都在出版物和网络上发表短篇作品。

在短篇创意散文（short-form creative prose）中，其基本的要求是写一个感觉完整但字数很少的故事或散文。它一般要求多少字？很少是多少呢？这取决于具体的情况。在短篇写作中，篇幅很重要，有两种类型的短篇：短篇和非常短的篇章。被称为"短篇"或"闪"（flash）的散文作品，一般指 1 000 词左右的故事或文章。而被称为"微型"（micro）的散文作品通常指在 300 词以下，有时远远低于 300 词的文章或故事。想象一下，从 6 个词的故事到不足一页纸的作品，或者以字符而不是字数计数的作品，应有尽有。

然而，像多种类型的作品一样，短篇作品也有各种各样的文学名称。术语"超短篇"（short-short）一词可以追溯到 20 世纪 30 年代，当时短于短篇的故事概念开始出现。"短"和"闪"是两个用来标记短篇散文的最常见的术语，但也有其他的术语，包括"简短"（brief）和"瞬间"（sudden）。一些作者（包括本文作者）认为，"瞬间"意味着一篇作品可能不经修改就可发表或出版，但这几乎是不正确的。我们需要注意，出版商可能会使用各种术语来表示短篇和微型这类形式，而这些术语有时会重叠。一个编辑可能会称一个 300 词的故事为"微型"，而另一个编辑可能会把同一篇故事归类为"闪"。

就字数而言，短篇散文的读者（或作者）还需要知道，符合短篇作品的确切字数或字符数最终是要由征稿的编辑决定的。通常情况下，具体的字数限制是由发表短篇散文的出版物规定的。《短暂》是一本在线出版的短篇创意非虚构杂志，它发表 750 词以内的散文。《鸣叫》和《A3 评论》杂志都规定出版 150 词以内的创意作品。

一些编辑和出版商也为短篇和微型形式设定了自己的术语，并给出了与之配套的具体字数或字符数的指南。例如，《铁皮屋在线》（*Tin House Online*）发布了"闪电星期五"（Flash Friday），即 1 500 词以内的小说。同时，文学杂志《创意非虚构》（*Creative Nonfiction*）推出了"微小的真相"（Tiny Truths）主题作品，这些微型散文不仅是符合推特发文长度的创意非虚构作品，而且实际上已经被发到了推特上（下文会有更多关于这个和其他数字媒体平台的介绍）。

请注意，我们的讨论在很大程度上是围绕着对短篇和微型的定义，以及考虑它们在哪里和如何发表、出版。像作家一样阅读的一部分是带着这些概念阅读，至少对其有所了解。要像作家一样阅读闪小说，你必须知道什么是闪小说。要在推特上阅读一篇微型文章，你必须先了解是什么让其发挥作用。这有助于让我们明白为什么这两个短篇和其他短篇可以出版，以及在哪里出版。

这里还有另一种方法去思考如何阅读短篇作品。阅读短篇散文是为了弄清楚作者是如何将一个完整的故事或文章用尽可能少的字数完成的。当你阅读短篇散文时，一定程度上要用阅读俳句的方式去阅读它。如果你读俳句是为了了解诗人是如何用五个、七个、五个音节的三行诗来描绘某个时刻的，那么阅读短篇散文则是为了发掘作者是如何用极度简省的文字来创作整个故事或文章的。

细心的短篇小说和创意非虚构的读者会注意到，这些作品大多沉浸于感官感受到的细节中，并像诗歌创作那样仔细地斟酌语言。在闪小说中，阅读时要寻找其中细微的角色细节以及包含开头、中间和结尾的情节。在短篇文章中，要寻找在整个文章中包含的紧凑的细节和反思的时刻，这些时刻推动文章超越作品本身的直接叙事，或者会与更多的想法建立联系。如果是叙事性质的短文，还要在阅读中注意寻找其情节和人物弧线。但是，我们此前在阅读那些创意散文作品时，难道不曾寻找这些元素吗？是的，我们会。但不同之处在于，阅读时要看看作者是如何用这么少的文字来构建这一切的。

看看凯伦·唐利·海斯的作品《你在大学里学到了什么》（What You Learn in College）（见下页）和贝丝·乌兹尼斯·约翰逊的作品《阴性结果》（Negative Results）（见第 59 页）。作为一个聪明的短篇散文读者，你可能已经在思考这些叙述以及计算字数了。作品《你在大学里学到了什么》有 800 多词，属于短篇（或闪）非虚构作品。作品《阴性结果》共有 300 多词，属于闪小说类型，但也可以称其为微型小说，这取决于如何进行计算。这两篇文章都写得非常紧凑，请注意这些作品没有信息的重复。作品中出现的任何重复都是为审美和结构目的服务而有意为之的。《你在大学里学到了什么》中写到的"酒瓶在旋转"，清楚地表明了时间在流逝，同时也为语言增添了诗意。而"谎言"一词成为贯穿《阴性结果》的暗流，将我们的注意力引向约翰逊在这篇叙事中所探讨的主题。

现在，让我们来看看凯伦·唐利·海斯的作品《你在大学里学到了什么》的节选部分。

你在大学里学到了什么（节选）

你学到，虽然你厌恶啤酒的味道，你却喜欢那种醉意，所以你可以很快地克服厌恶感。你喜欢醉酒后的自己，那种不被自己的天真无知所阻碍的勇敢。当你和新朋友一起进行充满性暗示和不断吹嘘的粗俗交流时，你觉得自己既勇敢又见多识广。你跟他们一起笑，这些人在见到醉酒的你之前就已经欢迎了清醒着的你。当他们关上门，阻止了其他人被宿舍中的戏谑调笑吸引过来，你笑了，并和他们一起坐在地板上围成一圈，玩脱衣转瓶的游戏。

你学到，自己正在享受这样的乐趣，你沉浸在自己的勇敢之中，对你在第一轮或是第二轮游戏中脱下卫衣并把它扔到一边的行为毫不在意。

酒瓶在旋转。

请注意唐利·海斯是如何让读者沉浸在感官细节中，而没有使用许多常用动词来解释感官体验——也就是说，叙述者没有"听到"脱衣转瓶游戏的进展；相反，她描述了"假装睡着，忍受着周围的喧嚣、酒瓶的叮当声、咯咯的笑声、宛如狼的叫声，以及你心脏的跳动声"。这段话既展现了文字的简洁，也体现了感官的细节，这就是短篇文章的特征。

还请注意，这篇文章的大部分内容都是以一个场景为框架的：在寝室里，酒瓶转啊转，转啊转，再到停止旋转。虽然文章涉及的内容比游戏本身更多，但处于游戏场景框架内是唐利·海斯保持文章简短的方式。

因为《你在大学里学到了什么》是一篇叙事散文，读者也应该注意这里的角色和情节发展。冲突随着游戏的升级而加剧，叙述者对锁着的寝室里所发生的事情做出反应。不过，在这篇短文中，冲突和角色细节都是通过对场景的感官描述和一种较为感性的内省传递给读者的。"你学到，自己正在享受这样的乐趣，你沉浸在自己的勇敢之中，对你在第一轮或是第二轮游戏中脱下卫衣并把它扔到一边的行为毫不在意。"

唐利·海斯还探讨了反思和用法，以达到更深层次的理解，这对一般的个人散文和回忆录，特别是短篇文章来说是至关重要的。在最后两段中（那些计算了字数的人知道，这里几乎占全文四分之一的字数），叙述者首先离开了游戏现场，然后脱离了当晚的场景。在告别的时候，她表现出了更多的想法，且仍然沉浸在感性的语言中："随着这种学习，那种几乎是有生命的遗憾破裂了，像某种黑背海洋生物在夜里闪闪发光。你没有看到它在你身后，就像你看不到你朋友们的裸体一样。但同样地，你感觉到它滑向了深处，消失在了你的视线之外。"

我们再看看另一篇作品，约翰逊的《阴性结果》。作者以意识流叙事的方式进行创作，主人公在等待，然后收到性病检测的结果。阅读《阴性结果》中的这段节选。

阴性结果（节选）

你告诉自己，人们会撒谎。你已经和一个病态的骗子同床共枕好几年了，你应该知道。你并不投入，谎言大多是为了让你开心，但对于有真实答案的问题，他的答案依然属于习惯性的虚假回答。你想他不会在像性传播疾病这样的事情上撒谎，但谁知道骗子会在什么事情上撒谎到什么程度？我很干净，他喜欢说，当然我是干净的。

如果，碰巧，那是一个谎言呢？谁知道骗子到底相信什么？

约翰逊在这种非常短的形式中处理这些情节和角色发展要素时，设计了一个开头、中间和结尾：叙述者担心疾病，叙述者在等待，结果出来了。也请注意其中的复杂性，以及约翰逊将角色发展和情节相结合的方式。叙述者的整个生命都处于危机之中："……你有个丈夫和三个孩子，一个大体上不错的生活。最小的孩子已经不穿尿布了，你的团队赢得了保龄球联赛。你很冲动，却又痛苦地孤独着，想象着生活会有怎样的不同，无论好坏。"通过简短而深刻的角色发展和情节的笔触，约翰逊在这个狭小的空间里草拟了一个完整的故事。这不仅仅是她在等待测试结果和担心谎言，她还活在一种"生活基本良好"的自我欺骗中。这样一来，谎言的暗流就成了这篇微小说的开头、中间和结尾——也就是情节的一部分。请注意，这些简短的细节足以描述叙述者的生活，以确保在这个非常短的故事中，有比一个女人的检测结果更重要的事情。

我们再看另一个作品《制图》。《制图》最初是作为微型小说发表的，作者用生动的细节刺痛了人们的感官："芝士比萨""鸟鸣""躺在……地图"。角色细节既描述了这对夫妇独立的、不相容的梦想，又制造了冲突。简短的叙述以"灰尘""未实现的承诺"以及最后一句话结束："地图不懂得说谎"。单独来看，最后一句话因其拟人化而令人信服。我们从没有想过一张地图有能力说谎，也不知道该怎么做。如果作为一个精心制作的关于不受欢迎的周年纪念日的微观叙事（或叙事散文诗）的结尾，这句话是令人印象深刻的。

阅读这些令人惊叹的短文段落，它将向你展示如何成为一名更好的作家，因为你可以看到一名作家可以用这样简短的文字来完成什么。研究经优秀的短文作家斟酌后所选择的词语和所组成的严谨的句子，可以帮助你提高短文和其他体裁的写作实践能力。

创意写作的数字媒体平台

随着创意写作领域的扩大和技术的发展，作家们也忙着寻找出版他们作品的数字平台。我们通常希望在线阅读的时间更短，因此短篇作品很适合在网络平台上发表。许多在线杂志和文学网站专门出版短篇小说和散文。一些以出版优秀作品而闻名的杂志包括《短暂》、《纳米小说》（*NANO Fiction*）、《烟龙季刊》（*Smokelong Quarterly*）和《霍巴特》

（Hobart）。而计划发表短篇作品的作家可以在这些数字出版物中进行阅读，这些出版物是免费的，任何能够上网的人都可以读到。

在线阅读需要额外的阅读技巧，因为像作家一样在线阅读意味着还要注意如何高效地进行在线阅读。想一想吧。在线阅读最基本的部分是什么？滑动屏幕。当你在网上阅读时，想一想为什么这些文字会让你不停地滑动屏幕。

让我们在此稍做停顿，我们都了解作家们也会在网上发表长篇小说。许多在线文学杂志是以图书出版商出版电子书的方式来出版的。这里的意思是，当我们在网上阅读这些类型的出版物时，我们的阅读方式与我们阅读印刷品的方式基本相同，但我们是在屏幕上阅读的。这是一种没有环境限制且便捷的阅读方式。但从本质上讲，它与阅读专门为数字和社交媒体平台编写的创意作品不同。我们在本课中关注的正是这种为数字媒体创作的作品。

阅读和写作是社会互动。虽然这在印刷品中是真的，但事实可能并非如此。在许多数字媒体和所有的社交媒体中，社会互动是更具体的。阅读数字媒体和社交媒体上的文学作品意味着你认识到了这种互动。像作家一样阅读数字文学意味着认识到作家和出版商正在利用这种社会互动。这里有一个例子：请注意，许多网络文学杂志，包括《短暂》，都被设置成看起来和感觉上都像博客的模式，并有空间供读者留下评论。当你在社交媒体或其他数字媒体上阅读创意写作作品时，应该花时间滚动浏览一些评论，至少看到这篇文章的哪些地方吸引了读者，以至于写下了这些回应。

同样真实的是，数字媒体和社交媒体使创意写作更容易被读者接受。大多数读者没有资源去订阅几十种文学期刊。但每个能上网的读者都可以阅读网上发表的创意作品。读者还可以在不适合阅读印刷品的时间和地点，阅读这些通过数字媒体和社交媒体发表的作品。作为作家，更为重要的是我们要注意到其他作家和编辑是如何利用社交媒体将作品推向世界的，并思考我们如何做到这一点。

　　让我们看看两个通过数字媒体和社交媒体存在于世界上的创意作品的例子。第一个例子是贝丝·乌兹尼斯·约翰逊的作品《阴性结果》，我们在上文讨论过。约翰逊的作品发表在《喧嚣》(*The Rumpus*)，并收录在由阅读过《喧嚣》的作家所撰写的短篇作品集中。约翰逊的作品之所以被考虑发表，是因为她是这个流行文化和创意写作在线渠道的读者。《喧嚣》拥有大量的追随者和令人印象深刻的读者群。约翰逊以读者的身份参与这个特殊的创意网络媒体，也作为一位作家参与其中，并进一步挖掘了这个读者群。

　　作家们也在利用数字媒体和社交媒体平台，建立他们自己的博客或为已经建立的博客做宣传。在这里，我将提供我自己的博客"勇敢的面孔"(The Face of Bravery) 中的一篇文章，作为一个例子。《他们指着她的脸吹口哨》(They Point at Her Face and Whisper) 是一篇博客文章，但它也是一篇创意非虚构作品。当你阅读下面的节选时，请注意这篇文章作为一篇原创作品所使用的写作技巧。其中包括我们将在本书稍后将讨论的内容：情节、叙事弧线、角色发展、对话、场景和语言的文学性使用。

他们指着她的脸吹口哨（节选）

艾琳·普希曼与面部肿瘤患者共同生活　　　　　　　　2018 年 10 月 16 日

　　露西尔站在她的房间里，周围是一堆被丢弃的制服，她的沮丧情绪溢于言表。

　　"我必须穿裙子。"她一边说，一边把一条制服短裤踢到木地板上。

　　"但是你喜欢短裤啊。"我说，并试图递给她一条看起来很舒服的短裤。这才是开学的第二周，九月初的北卡罗来纳州，我们还在酷暑中煎熬。

　　"不。"她把我的手拍开说。我放下短裤，把手放到下巴上，这是我一直试图在露西尔面前避免做的事，但最终还是做了。"我的装扮需要看起来漂亮。"露西尔说。我把手从脸上拿开。

　　此时，我也感到很沮丧。时间一分一秒地走向八点，她还得吃早餐、刷牙、找鞋子。一般来说，我们并不是一个以守时著称的家庭。但我们努力让孩子按时上学。无论如何，好的父母可能不会让他们的孩子在二年级的第二周就迟到。

　　"露西尔，"我反驳道，我的音量因为沮丧而升高，"我们刚给你买了这些新短裤，让你穿着去上学。"所有新买的符合规定的卡其色和海军色短裤都堆在地板上。露西尔就读于一所有校服规定的公立学校，购买足够的校服短裤成了暑假末的首要任务，我在处理露西尔的医疗预约时还要顾及这件事。

　　"我需要一条裙子。"露西尔坚持说，她突出的下巴提醒我要温柔些。

　　"为什么？"我问。

　　"他们说我看起来像个男孩。"

　　原来是这样。

"跟我讲讲吧。"我说，把我的女儿拉近，用手捧着她的脸，握住支撑肿瘤的那块骨头。

露西尔开始解释说，有些年长的孩子指着她的脸小声说话。

我们本该预料到这一点。听到人们对露西尔的脸的评论已经不是新鲜事了。善意的、恶意的或无辜的评论都有。一位正骨师问露西尔是否得了狮子病，并建议我们去看电影《面具》。泳池里两个傻笑的孩子指着露西尔的脸，叫她"大嘴"，并问她吞下了什么。在公共厕所里，一个小孩子只是问："你的脸怎么了？"同样，也有很多很多人，认识和爱我们的人都说过："她还是很漂亮。"

是这样的。没错。

露西尔有一个肿瘤，具体来说是一个中央性巨细胞肉芽肿。它卡在她下颌骨的中间。这很罕见。它具有侵略性。它是良性的。它不是癌症，但它在许多方面表现得像癌症。

通常，这种类型的肿瘤可以通过手术或类固醇注射来治疗，或是双管齐下。但这并不适用于露西尔。当标准治疗失败后，她成了一种罕见疾病中的罕见病例。

肿瘤长什么样？露西尔的外科医生和肿瘤专家以厘米为单位进行测量，并谈到了面部畸形的问题。我认为肿瘤看起来像一个成熟的苹果，被皮肤包裹着，就在一年前露西尔有着正常下巴的地方。

就其本质而言，帖子的作用几乎与文章一样。但也有一些关键的区别。第一个几乎是显而易见的，但作为阅读作家，我们还是需要注意到它。这篇文章通过包括标签、可点击的链接和允许读者喜欢、分享和关注的按钮来参与社交媒体——就像博客应该做的。它还包含一个评论区，并且可以通过互联网搜索引擎进行搜索。博文还包括哪些文章所不具备的内容呢？图片。在这篇博文中，和大多数文学博客一样，作者加入了图片来增加读者的兴趣。许多像博客一样设置的文学期刊的编辑们也是这样做的：将图像与文字匹配，使屏幕上显示出的外观对读者更具吸引力。不过，与摄影随笔或图像叙事不同，图像并不是叙事的关键部分。作为一个读者，如果没有图片，你可能不会被屏幕上的内容所吸引，但如果没有照片，阅读这篇文章并不会改变你理解文字的方式。

当我们阅读文学博客时，我们还需要注意其写作在风格上、广度上、思想框架上与以其他形式发表的创意写作作品相比有何不同。写这个博客使我能够探索我作为一位孩子的母亲与罕见的毁容性疾病做斗争的经历。这种探索发生在讲述我女儿与肿瘤斗争的一个帖子中。读者可以点击帖子，阅读它，并点击"喜欢""评论""关注"等按钮，而不需要花很多时间去分析复杂的人物形象或叙事弧线。我写这些文章的速度也更快，与我写文章或写书中的章节相比，修改也更少。作家们也可以在完成修改的那一刻发表博文。所有这些都改变了博客上的写作方式，作为读者，我们需要注意这些变化。

写博文有时会带来其他出版机会，这也是事实。例如，《穆塔》杂志选中了"勇敢的面孔"的博客，并决定将我的一些文章作为散文进行系列报道。《穆塔》是那种在线文学杂志，刊载很多家庭、成长方面的故事，其格式就像一个博客。事实上，它使用博客平台来发布内容。因此在这里，作品的界限变得相当模糊。

虽然《穆塔》杂志看起来像一个博客，但它仍然是一个文学杂志，因此作为一个作家，当我的博客文章变成一篇文章时，我必须满足不同的和更广泛的读者群的需求。换句话说，在我的原始文章在《穆塔》上作为独立的文章上线之前，我对它们进行了小而重要的修订（文章我放置在了本书的附录部分）。我的修订包括用解释来取代可点击的链接，对人物发展做了进一步的处理，为不熟悉博客的读者加入了精心安排的论述，并对语言进行了更多的加工。精明的读者（和作家）应该在阅读文学博客时注意到博客平台所包括的内容，以及博客上创意写作的微妙但显著的差异。

在特定类型的社交媒体上阅读文学作品，也意味着在阅读时，你还必须认识到该媒体是如何运作的，以及作家是如何使散文在媒体本身的形式下发挥作用的。以《创意非虚构》官方推特转发的"微小的真相"为例。这些微文在推特这种特定的媒体平台上发布，也就是说，要求在 280 个词以内或更少。向"微小的真相"投稿的作家通过推特投稿，而《创意非虚构》在印刷杂志上发表少量精选的内容，但它每天都会转发有价值的微文。

> 黑鸟一对。羽毛飞扬，红黄肩章一闪而过。有时候，打斗与调情看起来无异。
>
> ——加尔文·阮

> 照顾患有痴呆症的父母，充其量是一项艰难的任务，但也在意想不到的情况中获得回报，比如在最初看似混乱的话语中发现诗意的礼物。"今天全是冰。太糟糕了，"他说，"汽车在滑溜溜的地上跌倒。"我隐藏着微笑，默默记录下来。
>
> ——加尔文·阮

思考一下推特的受众和文学杂志的编辑会觉得这些推特上的文章有吸引力的原因。就像其他短篇和微篇形式的创意写作一样，这两篇推文都有比较丰富而具体的细节。从第一条推文中黑鸟羽毛的"飞扬"（flurry）和"闪"（flash），到第二条推文中患有痴呆症的父母的对话，读者可以获得现实生活微小但生动的快照。这两条推文也都有开头、中间和结尾，尽管它总体的篇幅非常短。黑鸟（blackbird）的微文以鸟类的行动开始，以加尔文·阮意识到鸟儿在做什么而结束。关于痴呆症（the dementia）的文章从照顾患有痴呆症的父母所产生的问题开始，到试图破译父母的话语，最后以加尔文·阮认识到痴呆症语言中的美而告终。

另一种思考像作家一样阅读社交媒体文学的方式是在线杂志《纳米主义》（Nanoism）对其微型小说的处理。虽然《纳米主义》并不是通过推特出版，但其借用了推特的形式——用非常少的字符来书写故事。那不是很有趣吗？要读或写《纳米主义》的故事，你必须运用你作为一个精通推特的阅读者所知道的东西。

在社交媒体和数字媒体上像作家一样阅读意味着从三个方面思考：像作家，像读者，或者像一个聪明的社交媒体用户。如果这还不是批判性思维（critical thinking），我不知道什么才是。当你在几个层面上思考一篇文章的生成方式时（例如，是什么让这篇文章成为一个可发表的故事，成为一条吸引人的推文，成为一段能令人愉快的几秒钟的阅读），你就已经在像作家一样思考。

讨论问题和写作提示

讨论问题：关注短篇形式和数字媒体

1. 阅读两篇微型小说。解释每位作家如何在这种短篇形式中创造细微的角色细节和冲突。从文本中寻找例子。

2. 思考作者是如何在不足 1 000 词的篇幅内完成文章的构思和创作的。为什么你认为某篇叙事文章适合采用短文的形式？你认为作者做了哪些选择，以便用这么短的篇幅呈现出这种完整经历的感受？

3. 找一篇由文学编辑转发或以其他方式发表的微文或故事（例如，由《创意非虚构》官方推特转发的"微小的真相"）。解释你在网络平台上阅读这篇微散文与在页面上阅读的所有不同方式。反思一下，作为一名作家，在这种媒体上阅读能教会你什么。

写作提示：关注短篇形式和数字媒体

1. 创作提示。

选项 1. 写一篇短篇或微型故事或文章，你可以想象它成为（有一天，当它被修改并准备好时）提交给本课讨论的出版物之一。

选项 2. 写一个小故事或一个 200 词左右长度的微型故事，然后耐心地修改它。（真的，修改是有效的方法。我的一个学生的"微小的真相"主题作品被《创意非虚构》杂志官方推特选中并转发，他告诉我，他的微文在发推特给杂志之前已经修改了五稿以上）当它准备好后，通过你可以在网上找到的社交媒体标签向《创意非虚构》的"微小的真相"提交你的文章，或者通过在线提交指南向《纳米主义》提交你的故事。

2. 修改提示。

从正在创作的作品中选择两个段落。以本课所讨论的阅读材料中的短文来获得灵感和例子，从这些段落中尽可能多地删去一些字。记住要删除重复的信息。然后根据需要改写句子，让它们具有更多的感官细节。

第4课   情节、叙事弧线、冲突、主题与意象

在前三节课中，你已经接触到了作家用来谈论创作的一些术语。在谈论类型、混合体和形式时，不可避免会提到情节、叙事弧线，以及主题与意象，因为这些对每一篇创意写作都至关重要。

经常从事阅读的作家们知道，类型和形式会影响推动一篇作品发展的核心概念。例如：在诗歌中，我们阅读是为了找到一个有意义的意象；在小说和许多创意非虚构作品中，我们通过阅读来揭示情节；而在其他创意非虚构作品中，读者寻找的则是一个中心主题。像作家一样阅读的一个重要方面是研究将作品联系在一起的概念、推动作品发展的戏剧张力，以及贯穿作品的意象、情感或主题。

这是一个很长的列表。列出它的原因是，阅读作家的作品时必须记住，并非所有的创意写作都是叙事性的。没有情节、叙事弧线和冲突，叙事就不存在。与此同时，非叙事性的作品使用中心主题、概念、情感或是把它们组合起来使作品连贯。

无论我们阅读的是何种类型的创意写作——小说、诗歌、创意非虚构作品或混合体作品，叙事性或非叙事性，短篇或长篇；书籍或独立刊物，在线发布的数字媒体作品或纸质的印刷作品——我们都需要记住，在作品内部有某种力量使一篇作品保持完整。本节课将讨论阅读以探索这些力量。

叙事力量

让我们从叙事开始，不要忘记叙事包括小说、叙事性创意非虚构、叙事诗和具有叙事性质的混合体作品。从这里开始，意味着我们将从情节和叙事弧线开始。虽然很容易将情节和叙事弧线与小说联系起来，但重要的是要记住，情节和叙事弧线也是叙事性创意非虚构和叙事诗的重要创作元素。

情节

写出情节的定义时，我觉得有点傻，因为我们可能都已经知道情节是什么了。不过，为了正式一些，我会在这里写下，情节是在叙事中发生的一系列事件，并且随着一个事件触发角色的反应，进而引发更多事件的持续发展。

当我们阅读情节时，我们通过阅读来研究作家是如何构建情节的。所有的叙事作者都这样做，包括创意非虚构作家。在小说中，作者虚构事件，并将其编织成一个具有完整叙事弧线的情节。在创意非虚构作品中，作家将真实事件的叙述安排成一个引人入胜的情节和可辨识的叙事弧线。

叙事弧线

叙事弧线（也被称为故事弧线）是许多作者和文学研究者用来讨论情节如何展开的术语。在传统的说法中，叙事弧线分为五个部分。

◆ 阐述（或静态时期）：故事的设定。在这里，作者介绍了所有重要的要素——主要角色、背景设置以及将塑造情节的冲突。

◆ 上升动作：作者推动故事向前发展。角色的行为方式激起了冲突。发生的事件改变了角色的生活，或者阻碍了角色获得他们想要的东西。

◆ 高潮：作者将故事推向了一个关键点。某些事情必须发生，而且确实发生了。角色会揭露真相，情节到达了高潮。角色和他们目前的处境无法继续下去，变革的时刻到来了。

◆ 下降动作：故事中的"接下来怎么办？"时刻。作者通过每个人必须采取的行动以及高潮后将要发生的事件来推动角色和情节发展。

◆ 结局（或结尾）：结束。在这里，作家将最后的部分安排好，收拾残局，给读者一种故事快要完结的感觉。

在讨论情节和理解叙事弧线时，一个有用的技巧是将情节按照叙事弧线的展开过程绘制出来。画一条长弧线，标出上述五个部分，就像下面这样：

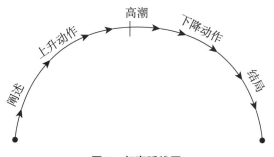

图 1　叙事弧线图

接下来，记下你正在阅读的故事的每一点都发生了什么，就像《杰瑞的螃蟹小屋：一颗星》这样：

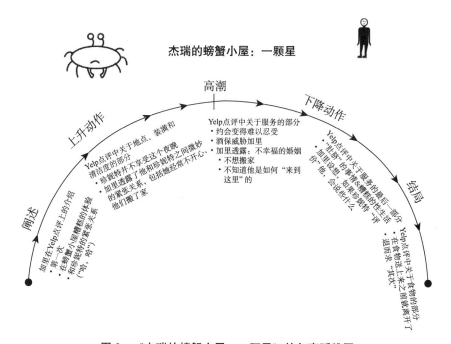

图 2　《杰瑞的螃蟹小屋：一颗星》的叙事弧线图

我为格温·E. 柯比的《杰瑞的螃蟹小屋：一颗星》的文本部分绘制了这条弧线。我画得不太好，但你可以看到叙事弧线上重要的点都在这里。

阐述：加里在 Yelp 点评上的介绍 ——他刚刚加入 Yelp，他对杰瑞的螃蟹小屋很不满意，他和妻子珍妮特之间关系紧张（"哈，哈"）。

上升动作：Yelp 点评中关于地点、装潢和清洁度的部分。珍妮特不喜欢加里选择的餐厅，加里透露了他们之间微妙的紧张关系，包括珍妮特经常不开心以及他们最近搬了家。

高潮：Yelp 点评中关于服务的部分。他们在杰瑞的螃蟹小屋的约会变得让彼此难以忍受。酒保威胁了加里。加里透露了他们的婚姻已经变得多么不幸福——他不想搬家，他不知道自己是如何"来到这里"的。

下降动作：Yelp 点评中关于服务的最后一部分。加里解释了所有，令人不舒服的"肚脐"的事情——他们的性生活很糟糕。他提出了设想，想象珍妮特如果对他进行点评会说些什么，并揭示了他们婚姻中的一个关键问题。

结局：Yelp 点评中关于食物的部分。他们在食物送上来之前就离开了。加里决定向现状妥协。

其他研究情节和叙事弧线的方法包括：在阅读时用亮色突出或标记每一个要点，记笔记，记日志。一些像作家一样阅读的人，习惯为每个要点分配一种颜色，并在他们所阅读的每一篇文章中用指定的颜色来标记。一种适用于纸质和数字阅读的有效策略是做一些关于叙事要点的笔记。这些笔记也可以使用颜色进行编码。一些作家在阅读的时候甚至会有记日志的习惯，他们会记录阅读中的每一篇叙事作品的情节和叙事弧线。请记住，日志不一定要写在纸上。大多数人可以通过打开手机上的备忘录或通过给自己发送电子邮件来完成日志。

无论你选择哪种方法——以上的一种或者使用你自己发明的一种方法——你都应该认真关注情节和叙事弧线，因为它们可以让你认识到其他作家是如何创作的，这将教会你如何创作自己的作品。你还应该尝试探究更多的叙事类型的情节和叙事弧线。

冲突

作为情节构建的基石，冲突始于叙事开始之时，或者正如一些作家所说，冲突开启了叙事。冲突也推动着叙事的发展，当冲突结束时，故事也就结束了。制造冲突听起来很简单，但实际上并非如此。优秀的叙事作家反复斟酌关于冲突的内容，直到冲突中的两股对立力量达到平衡——没有人愿意读一个从一开始就能猜到结局的故事，因为这意味着其中有一方明显处于优势地位。优秀的叙事作家也会不断处理冲突，使冲突贯穿整个故事，在整个故事中逐渐激化，不停地发展，直至高潮，然后每个角色都继续做他或她必须做的事情，直到结局。

在阅读冲突时，我们还要关注两种冲突：内部冲突（发生在角色自己内心的事情）和外部冲突（发生在角色身上或与角色有关的事情）。本书中提到的叙事作品都有这两种冲突。例如，《杰瑞的螃蟹小屋：一颗星》和《你在大学里学到了什么》。仔细阅读每个故事的前两段，细心的读者会看到角色内心的冲突（他们应该做什么或不应该做什么，他们希望自己的生活有什么不同）以及他们参与的冲突（他们去了哪里和经历了什么）。

作为一名写作者，你已经知道在故事中保持冲突以及使冲突不断升级有多么困难。那么接下来，让我们像作家一样阅读一个例子，来看看作家是如何制造冲突并使其贯穿在整个故事中的。

阅读情节、 叙事弧线和冲突

我们已经为《杰瑞的螃蟹小屋：一颗星》绘制了叙事弧线。我们在讨论这个故事的时候必须记住，虽然正在讨论的是一部混合体小说作品，但我们所讨论的概念可以应用于各种叙事类型。这个短篇小说提醒我们，情节不必围绕着大规模的混乱或灾难展开。在这个小说的情节中，没有人的生命受到威胁；事实上，没有什么重大的生活事件发生。但生活仍在继续。两个主要角色之间的关系正在以微妙的方式解体，就像日常中常见的关系一样。微妙的情节揭示出角色之间的关系是如何走到这一步的。没有人出轨，也没有人说出关系为何发生改变。相反，这些被揭露的真相展示出了另一种苦恼：珍妮特想搬家，而她的丈夫加里不想。

在《杰瑞的螃蟹小屋：一颗星》中"服务"部分，冲突微妙而精彩地产生了。珍妮特对搬家充满热情，但对这段关系可能并不完全投入。加里对搬家并不全心全意，但他渴望妻子，即使她就在他身边。就像这部混合体短篇小说的其他部分一样，冲突以两种方式展开：来到餐厅本身和贯穿婚姻的更深层次的冲突（回顾一下叙事弧线的讨论，可以看到两者是如何同时展开的）。在这里，我们也看到了内部冲突和外部冲突。

随着餐厅中的局势变得越来越紧张，外部冲突也在加剧。为了让珍妮特开心，加里走向酒保，要求见店长，这家餐厅的冲突达到了高潮："那时，酒保说我应该坐下，穿着我那套像基佬一样的华盛顿特区西装，像其他人一样等着。吧台上的其他人发出了那种低沉的男性笑声，仿佛发生了什么有趣的事情。当酒保指出我'脸红'的时候，他们再次笑了起来。"在同一片段中，另一个外部冲突——这段婚姻的危机点也达到了高潮，加里搬离华盛顿是因为珍妮特迫使他搬家。

当加里的 Yelp 评论转向他的性生活时，我们可以看到源于他内心的冲突在对服务的讨论中达到了高潮。在这里，他向任何愿意阅读 Yelp 的人们坦白："但事实是，就像现在这样的时刻，成为一个身体里的人似乎是不可能的。"谁会在 Yelp 点评中写下这些话呢？加里会。他写下这些话，因为源于他内心的冲突驱使他这样做。

看看创意非虚构作品，我们也会看到这两种类型的冲突。尽管有时我们不得不提醒自己，真实的故事也有叙事弧线。叙事性创意非虚构作品中的叙事弧线通常可能比小说中的更微妙，要点也可能没有那么清晰，但只要有叙事，就有叙事弧线。在《你在大学里学到了什么》中，叙述者回忆了她参与脱衣转瓶游戏以及从游戏中脱身的过程，其叙事弧线既是游戏的弧线，也是叙述者内心的弧线。

贯穿作品的有不同的冲突。内部冲突显示出叙述者想参与游戏，她解释道："你喜欢醉酒后的自己，那种不被自己的天真无知所阻碍的勇敢。"之后，随着酒瓶继续旋转和参与者继续脱衣服，她意识到自己无法继续下去，即使她内心的一部分希望成为那种能够继续参与游戏的人。

外部冲突来自游戏的进行，"酒瓶在旋转"。参与者（包括叙述者）脱去越来越多的衣物。随着故事的继续，通过"卡住"之门的外部压力不断加剧冲突。叙述者无法离开，其他人也是如此。

当叙述者"装醉到昏迷"时，内部和外部冲突交织在一起，并在游戏进行时保持这种状态，尽管朋友们试图把她带回游戏中。"你躺在埃德的床上，僵硬不动，这是你唯一能想到的逃脱方式，假装睡着，忍受着周围的喧嚣、酒瓶的叮当声、咯咯的笑声、宛如狼的叫声，以及你心脏的跳动声。"这些台词显示了外部和内部的冲突，交织在一起。

因为反思是回忆录的重要组成部分，所以故事的发展并不会在"但这还不足以让你在聚会结束后，在参与者重新穿好衣服，打开被硬币卡住的门并散去后，依然留在这里"结束。甚至当叙述者假装醒来，穿上自己的衣服，"跌跌撞撞地傻笑着走出去"时也不会结束。继续读下去，我们会看到叙事弧线延伸到她心里的反思之中。这仍然以现在时态书写，实际上是以当晚回家的背景来叙述，以明智的叙述者的视角，回顾那段经历。

最后，叙述者离开了游戏的当下叙事时间，向前推进，流畅地滑入"永远不会消失"的遗憾之中。但她后悔的是什么呢？在这里，我们可以看到对叙述者内心世界的探索成了弧线的一部分。她后悔的是参与游戏吗？后悔游戏改变了她对埃德的感觉吗？后悔决定在游戏改变她的生活之前退出了吗？叙述者并没有给出这些问题的答案，然而细心的读者会发现，她可能后悔某一点或全部，或者至少不确定后悔来自哪一部分。

作为读者，我们并不认为她应该和埃德在一起，他是一个会说出"车头灯不错"的家伙。但在这种反思中，我们看到这篇短篇回忆录不仅仅关于玩脱衣转瓶游戏，还涉及某些决定所带来的可能的损失。这不同于我们在小说中经常看到的收尾方式和解决问题的方法，但这是叙事弧线上的最后一点也会让人很喜欢。

非叙事性力量

虽然大多数读者喜欢精彩的叙事，但非叙事性作品也可以给我们带来乐趣。一般来说，通过阅读来研究非叙事性文学可能不如阅读情节和叙事弧线那样直观，但它同样重要。这里的诀窍是，记住某些东西使诗歌或创意非虚构作品变得完整，而这些东西可能是贯穿整个作品的概念、主题或意象，是作品的核心。通常，情感会与支撑作品的概念、主题或意象联系在一起。

虽然我们经常认为非叙事性力量适用于诗歌，但它们也是非叙事性创意非虚构作品的一部分。

中心主题和概念

"主题"和"概念"这两个词听起来像学术写作中的术语，不是吗？虽然它们确实适用于学术写作领域，但它们也适用于对原创类作品的分析。一篇有创意的作品可以是关于任何事情的，但不能涵盖一切。当像作家一样阅读的重点放在作品的中心主题或概念上时，我们的阅读是为了确定一篇文章的核心内容，即搞清楚它是关于什么的作品。我们可以在阅读时问问自己，这部作品的概念或主题是什么。如果你认为这个问题有多个答案，那么你可能正在阅读一篇有不止一个主题或概念贯穿其中的作品。一篇创意写作方面的作品可以涉及多个相关主题。当这种情况发生时，这些主题在概念上会以某种方式联系起来。

不同之处在于，作家探究中心主题与概念的第一步是明确作品的中心主题或概念。然后，可以了解这个主题或概念是如何连接作品中的不同段落或分散的观点。一些读者会在阅读时写出中心主题或概念，然后在读的过程中额外做笔记，解释每个观点是如何触及中心概念的。当相关的主题或概念引导出一篇作品时，读者可以绘制出这些主题相交之处，并记录下这些概念之间的关联方式。

共鸣的意象、感觉或情感

我们经常把产生共鸣的意象与诗歌联系在一起，这是有原因的。诗歌常常充满意象或唤起一个意象，使读者读完最后一行后在心中留下深刻印象，这是许多诗歌所做的重要工作之一（但请记住，引起共鸣的意象、感觉或情感可能是维持任何非叙事形式自身完整性的一部分）。

作为读者，你的工作之一就是注意到那个意象，弄清楚它为什么引起了你共鸣，并了解这种共鸣对整个作品的重要性。例如，在你读完一首诗之后，停下来思考那个让你印象深刻的意象，然后再读一遍诗，去认识到那个意象对推动诗歌的情感和概念发展的重要意义。

在玛丽·奥利弗的诗歌《引领》中，引起我们共鸣的意象是垂死的潜鸟。阅读这首诗，我们可以看到当死亡开始降临，这只已经失去方向的鸟是如何移动的，以及它停下时的样子。但为什么这个意象会引起读者的共鸣呢？首先，它是诗歌核心信息的一部分。这些潜鸟正在以叙述者无法确知的原因死去。她所说的是一只本应飞回筑巢地的鸟的死亡。

垂死的潜鸟也是奥利弗在诗的开头所说的令人心碎的故事。如果没有垂死的潜鸟的形象，还有什么可悲伤的呢？这是让人难以忘怀的意象。它也让我们做到了奥利弗要求我们做的事情。只有在我们愿意去观察并持续观察的情况下，我们才会注意到自然界中正遭受破坏的诸多事物。即使在我们读完这首诗之后，潜鸟的意象也一直留存在我们的脑海之中。

诗歌通常也利用其他感官。有时，在一首诗中引起共鸣的是除了视觉之外的其他感官信息。在《引领》中，我们可以看到潜鸟，也能听到它的叫声。虽然叫声是声音，不是视觉图像，但它也让我们难以忘怀。同样重要的是，我们听到了潜鸟的叫声，然后再也听不到了。潜鸟的叫声和潜鸟叫声的消失几乎成为核心意象的一部分，因为它是垂死的潜鸟的一部分。在这里，奥利弗给了我们一种超越意象的感官体验，用以完成她要做的事情。

例如，感官的引导也可以使读者产生情感和领悟中心概念。比如，乔伊·哈乔的作品《恩典》在呈现"漫长而艰难的寻找恩典之旅"的同时，唤起了寒冷和冰冻的感觉。

细心的读者会从哈乔的散文诗中感受到苦难的冬季和对恩典的追寻："我们仍旧谈论起了/那个冬天，寒冷如何将虚幻的野牛冻结""然后在一天/早晨当太阳挣扎着破冰而出时，我们的美梦找到了我们/在 80 号公路沿线的卡车停靠站找到了我们，我们喝着咖啡、吃着煎饼/我们找到了恩典。"

在这几行诗中，就像在诗的其他部分中一样，身体感官将读者带到了"情感赌注"以及"流离失所"和"偏见"的潜在概念中。

寻找有共鸣的意象、感觉或情感也可以成为阅读非叙事性创意非虚构作品的一部分，尤其是在抒情散文中，正如我们在前两节课中所讨论的，它植根于诗歌。如果有一种意象、感觉或情感在创意非虚构作品中引起共鸣，那么这种共鸣将与中心主题相关联。

阅读中心主题、概念和共鸣的意象、感觉或情感

作为一篇以地方为基础的摄影随笔，《赫斯图尔：摄影随笔》属

于文学作品范畴。情节并不是该作品的驱动力，但中心主题是。乍一看，主题很明显：赫斯图尔，法罗群岛中的一个风暴肆虐的岛屿。沃德在撰写介绍照片的段落时引入了这一中心主题，照片和标题都传达了岛上生活的某些方面。研究一下《赫斯图尔：摄影随笔》的选段。

> 急切地想要下船，我开始把行李收拾成一堆，堆放在泰斯廷号隆隆作响的船舱上。船体打开时，渡轮的液压装置发出尖锐的叫声，舷梯开始向赫斯图尔废弃的码头的方向颠簸下降。沉重的舷梯撞击在雨水浸湿的水泥地上，发出的最后一声巨响让我退缩了，然后我突然明白了：我是那天下午唯一一个上岸的人。其余乘客正在等待渡轮恢复继续穿过斯科普纳尔峡湾的航线，前往人口较多的桑杜尔岛。

文本细读将会揭示出一个更微妙、更具体的概念：这个衰落的村庄里日常的生活和根深蒂固的习俗，这是个由剩下的 20 名居民和他们对当地生活的忠诚所延续的村庄，即使它正在消亡。请注意，这个概念是如何在开篇段落中开始的，正如叙述者所描述的那样，当描述"赫斯图尔废弃的码头"时，叙述者意识到自己是"那天下午唯一一个上岸的人"。

沃德在接下来的每个段落中都融入了这个概念，涉及赫斯图尔生命统计的数据、村庄的农业和渔业文化，维持村庄基础设施的居民，以及她自己对村庄生活的参与，她解释道："最温柔的团结行为就是在晚上打开厨房的灯，让人们看到我还在那里"。

在文章的其他部分，沃德也在对每张照片的展现和对照片的说明中触及了这一主题中的微妙概念。这在下面的照片和照片说明摘录中可见一斑。

羊毛是法罗群岛的黄金

赫斯图尔岛大约有 580 只羊在吃草。早在渔业出现之前，羊毛制品就是法罗群岛经济的主要支柱之一。然而，羊毛不再被认为是"法罗群岛的黄金"；它的市场价值非常低，以至于人们通常会将其烧掉而不是出售或加工成纱线。

两个人的茶

约尔莱夫·波尔森在他独自居住的赫斯图尔的厨房里。岛上全年居住的人不到 20 人，村里已经没有孩子上学了。

教堂

　　大约 80％的法罗群岛人口属于该州的福音路德教会。赫斯图尔的乡村教堂于 2011 年庆祝其成立一百周年。

这些照片既描绘了赫斯图尔岛上与世隔绝的生活，也展现了岛上居民之间以及他们与岛上生活方式之间的紧密联系。照片描绘了广阔的陆地和大海，与一位年老的男人（这占赫斯图尔人口的很大一部分）以及与村庄生活密不可分的羊的特写形成对照。在中心主题的背景下研究这些照片，读者可以看到每张照片都捕捉到了引入文章主题的一个方面。也请注意，沃德是如何使用照片说明中的词语来扩展这些方面的，这些方面为读者提供的信息比照片中可见的更多，是关于赫斯图尔岛、居民和传统的细微信息。

　　例如，有一张照片展示了教堂，它矗立在昏暗的土地上和趋于昏暗的海洋前，窗户亮起，村民们聚集在里面。阅读照片说明，我们进一步了解了关于这座教堂的更多细节（它是路德教堂，是村庄教堂，已有一百多年历史），这为照片提供了背景，并进一步解释了荒凉的岛屿村庄的传统。

讨论问题和写作提示

讨论问题：关注情节、叙事弧线、冲突、主题和意象

1. 为艾琳·普希曼的《他们指着她的脸吹口哨》（见附录）绘制叙事弧线。解释每段弧线如何展开，并探讨其中的差异。

2. 思考在散文和图像叙事中探索冲突的不同之处。

3. 找一首散文诗，确认它的中心概念，并确定中心意象。接下来，解释这个意象在诗中的作用。它是如何让读者对中心概念有更深的理解的？它是如何与诗中的感官细节相结合的？为什么在读完这首诗后，这个意象仍然会留在你心中（如果你认为有多个重要的意象留在心中，请解释它们在诗中是如何共同起作用的）？

写作提示：关注情节、叙事弧线、冲突、主题和意象

1. 创作提示。

选项 1. 思考一个你正在构思或正在创作的叙事作品中的角色（在创意非虚构作品中，这个角色也可以是叙述者）。首先，写一句话来描述角色面临的激烈冲突的瞬间。现在，先列出此时此刻角色面临的外部冲突，然后列出内部冲突，这些冲突将影响角色的行为和反应。现在回到你开始的那个句子，并扩展那个时刻。在写作过程中，使用你在列表中提到的一些冲突。

选项 2. 为你想写的文章想一个中心主题。用文字写出来。如果你在写诗，尝试使用能唤起意象的词语。现在缩小范围来探讨这个主题的一个方面。写一段散文或两行诗来处理这一方面的问题。接下来，写一段或几行来发展这个主题的另一个方面。

2. 修改提示。

选项 1. 拿出一篇你已经完成初稿的叙事作品。绘制出它的叙事弧线。研究这条弧线，反思你创建冲突和情节的方式。在反思时考虑以下问题：是否存在任何漏洞？叙事弧线上的点是否过于接近？每个点的冲突是否清晰？读者知道整个叙述中的利害关系吗？根据你在反思叙事弧线时得出的结论进行修订。

选项 2. 拿出一首需要修改的诗歌或非叙事性创意非虚构作品。写出中心主题，然后绘制出与主题相关的概念。修订时，先删除与中心主题没有紧密联系的段落。接下来，努力创造一个能引起读者共鸣的意象（即使你写的是散文而不是诗歌，也要这样做。这只会让作品更精彩，更吸引人）。

第5课 结构

结构的概念

结构可能是我们在阅读时最难理解的概念之一，也是我们在写作时最难把握的要素之一。作为读者来看待结构，我们往往忘记这样一点：作品的生成和创作有一个复杂的过程，我们现在看到的印刷出来的形式，只是它最终的形式，在开始的时候它并不是这样的。如果要像作家一样阅读，我们必须记住作家们为构建作品的结构而付出的努力。作家决定使用哪种结构，都是经过深思熟虑的。因此，研究结构也成为像作家一样阅读过程中的一个有意识的环节。

简单来说，结构就是文字在页面或屏幕上的组合、呈现方式，它包括思想呈现的组织或顺序，作品的形状，结构模式或技巧以及结构机制。

结构机制与装置

我们将从上文中的最后一项开始。这可能是一个不同寻常的结构性选择，但却是一个深思熟虑的选择。在我们能够更大范围讨论结构之前，我们需要从作家在页面和屏幕上使用的结构机制开始：空白、分段、小节分割和章节分割。

空白

空白是结构中最基本的元素之一，也是读者最常忽略的元素。空白是页面或屏幕上既没有文本也没有图像的空间。一种更简单的说法是，空白指的是页面或屏幕上的空白（请注意，如果你正在阅读的页面或屏幕背景是彩色的，同样适用于这个概念）。

请查看此页。你在哪里看到了空白？如果你想到了页边距，那就对了。页边距使页面看起来整洁，但更多的是与打印有关，与结构的相关性不大。还有其他地方有空白吗？

分段

是的！分段的作用是提供空白。当我们注意到一个分段时，我们更多注意到的是它周围的空白，而不是文字本身。分段是向读者发出的一个信号，表明一个想法已经完成或即将发生新的变化，需要在继续之前稍做暂停。当作家给读者一个分段时，你就知道思想正在发生转变。

当发生更大的转变时，作家会在段落之间使用更多的空白。看看这个段落和下面的段落之间的空白。更多的空间。更长的暂停。作家们做出更大的转变有很多原因。这可能表示时间的推移或转变，或在观点之间切换，抑或过渡到新的情节或角色发展——这些只是其中的三个例子。还有一个就是你在这个段落和下面的段落之间看到的：一个概念上的转变。不管是什么原因，你必须明白的是，空白至关重要，因为它可以使读者稍做停顿，并让他们意识到某种转变正在发生。

图像叙事和图像散文中的空白

空白也是视觉混合体的一部分。在视觉作品中，空白可能是不同的颜色。请记住，空白围绕着照片，将其与文本隔开。还记得我们在图像叙事讨论中提到的"装订线"一词吗？虽然装订线可能不是白色的，但它们确实将版面分隔开来。

不过，当你开始思考这一点时，你已经知道如何识别创意作家在诗歌和散文中使用的其他结构机制。诗人经常把诗分割成诗节。散文作家和短篇小说家在分段不够时，会使用较大的分节符。创意非虚构和小说作者经常把书分成章节，有时再把章节分成小节。是的，是这样的，作为一名读者，你能够识别出这些。像作家一样阅读，你要努力弄清楚为什么段落、诗节、小节或章节的分割会出现在特定的位置，以及作家如何利用它们和周围的空白来引导读者从一个部分过渡到下一个部分。

诗节分割，小节分割，章节分割

空白也是分解和组织文本结构的手法之一，使读者更容易阅读。请注意空白在每一个部分中所起的作用。想想你读过的最后一本长篇创意写作作品。作者很可能将作品分成了多个段落。诗节分割，小节分割和章节分割，都为作家提供了将文本分成更小部分的方式，使读者可以一次阅读一部分。这是另一个看似显而易见的意图，可我们往往在阅读时会忽略它。但无论如何，我们都需要注意。当我们去仔细观察的时候，就会发现，比如，本段和上一段之间的空白还带有一个表示分节符的标题。

整体结构：文字在页面上呈现的顺序

除了结构机制之外，我们还可以将结构看作作家将作品组合在一起的顺序。在创意写作工作坊中经常给出的建议是，所有的叙事都有开始、中间和结束，但不一定按这个顺序。当作家阅读叙事作品以了解结构时，他们也在阅读并理解情节或叙事弧线在页面上的展开方式。

我们在第 4 课中已经讨论了叙事弧线。不过，即使在阅读本课之前，你对叙事弧线的传统解释可能也已经有一定的了解。当你想把叙事弧线这一概念作为结构的基石概念来掌握时，重要的是要知道，当代创意作家正在以各种引人注目的、非传统的方式来应用叙事弧线。此外，别忘了叙事弧线也适用于叙事诗和创意非虚构作品。无论是小说、创意非虚构、诗歌还是混合体作品，都有叙事结构存在。

因此，我们回到了这样一个观点，即所有故事（所有类型）都有开头、中间和结尾，但不一定按照这个顺序呈现。换言之，有时叙事中看似开头、中间和结尾的部分可能不会出现在传统叙事弧线上你预计出现的地方。例如，回想一下我在第 1 课中使用的开场白。"在我六岁的时候，我用一把我不知道怎么用的枪杀了我的妹妹。"如果这是一部小说的开场句子，我们可能会发现作者是从故事的中间开始的。如果叙事是从这个部分开始，通常它接下来要做的就是继续回溯，叙述六岁的女孩是如何找到枪的，并进一步描写之后发生的事情。

当作家塑造自己的作品时，他们会选择或创造一种结构，引导作品通过叙事弧线展开。结构可以从简单到复杂，就像流派一样，可以先尝试那些容易定义的，慢慢再转向那些不太容易把握的。虽然我们无法在一节课上讨论每一种结构的可能性，但我们可以介绍一些常见的结构。

让我们记住，以下结构可以在任何种类的叙事中找到，包括混合体作品。这些结构也可以应用于非叙事性创意非虚构作品和诗歌中（我们稍后会在本课中简要讨论）。

线性

在线性结构中，故事按一条叙事弧线展开，并以一种比较明显的次序不断推进，开始—中间—结束，各个方面的展开都很清楚。如果一篇非叙事性散文或诗歌具有线性结构，那么中心概念将以直接、线性的方式呈现。这本书中有线性结构的读物，包括《海胆》《你在大学里学到了什么》《恩典》《制图》《他们指着她的脸吹口哨》《阴性结果》《柬埔寨大使馆》《赫斯图尔：摄影随笔》和《矛盾》。其他作品，如《杰瑞的螃蟹小屋：一颗星》既采用了线性结构，也借用了其他结构。注意这些阅读作品所代表的体裁。

线性结构通常是按照事件发生的时间顺序进行的。然而，一些具有线性结构的叙事会在一条叙事弧线中展开，但不一定是按照事件发生的时间顺序组织的。《他们指着她的脸吹口哨》就是一个例子。虽然有时间顺序，但是这篇博客式的散文并不局限于时间顺序。相反，它是围绕一个中心主题，以线性方式贯穿整个叙事的。一些作家会说，所有的线性结构都包含一个时间顺序的元素。这在大多数情况下是正确的。不过，重要的是要记住，线性结构并不总是必须遵循时间顺序。

如果我们画一个线性结构，它可能看起来像这样。

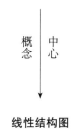

线性结构图

时序

时序结构是最常用的线性结构。它们遵循时间顺序，从开始、中间到结束。时序结构可能有不止一条叙事弧线，或者在不止一个时间顺序中移动。这些时序结构会比那些只有一条叙事弧线或一个时间顺序的结构更复杂。有两个采用时序结构的例子，分别是《海胆》和《你在大学里学到了什么》。

闪回是作家有时在时序结构中使用的一种结构技巧，他们需要在叙事时间上倒退，向读者展示一些重要的内容。叙事时间是从叙事开始到结束的时钟或日历。因此，闪回处理的是发生在当前叙事时间之前或故事开始之前的重要事件。在《柬埔寨大使馆》中，作者在写法图回忆起她在加勒比海滩酒店工作和曾经遭遇的事情时使用了闪回。如果我们画一个时序结构图，它可能看起来像这样。

时序结构图

编织

编织结构将几条叙事弧线编织在一起，形成一篇作品。在非叙事形式中，编织结构将几个中心概念或意象编织在一起。想象一下，把三条不同长度的线编织在一起制作成一条手链。这就是编织结构背后的理念。编织不一定意味着三个线索都要用上。编织式的写作可以有作家所能处理的尽可能多的线。编织结构也可以服务于非叙事性创意非虚构作品或散文诗。当作家编织非叙事性作品时，他们实际上编织的是概念或情感线索。在编织作品中，作者使用空白来分隔线股。有时空白处会附有简短的文字，以帮助提示读者。《剪报》是一个编织结构的例子，其中使用简短的文本（A、B、C、D）提示读者。如果我们画一个编织结构，它可能看起来像这样。编织结构在创意非虚构作品中更常见。

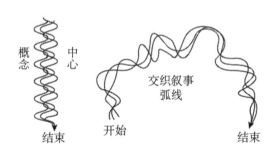

编织结构图

分段

分段（或拼贴）结构将分段的概念或叙事片段整合起来，形成一个整体。许多作家会说，分段结构更像是推动而非拉动，因为分段散文经常将思想或叙事相互对立。思想之间的冲突有助于在分段散文中产生意义。作者在分段结构中也使用空白。这些空白为读者提供了段落间的停顿，有时还起到过渡的作用。与编织作品一样，空白可能会也可能不会伴随着文本片段。许多作家将编织结构包含在分段结构的范畴之下。分段结构在非虚构作品中更常见［阅读文学期刊《第四流派》（*The Fourth Genre*）、《创意非虚构》、《3 区》（*Zone 3*）和《短暂》中引人注目的使用分段结构的散文］。如果我们画一个分段结构，它可能看起来像下面这样。分段结构更多地出现在创意非虚构作品中。

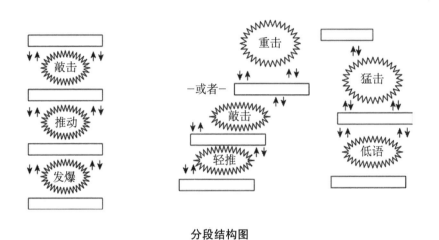

分段结构图

借用

一些原创性的作品，特别是混合体作品，借用了其他形式的写作或媒体的结构。由于我们已经在第 2 课中讨论了其中的一些内容，你知道《杰瑞的螃蟹小屋：一颗星》《老年人恐吓年轻人的十六种方式》和《剪报》分别借用了 Yelp、列表和大纲的结构。同时请注意，《剪报》是如何使用多个结构概念的。许多借用结构也使用空白，包括列表和大纲形式。如果我们绘制借用结构，它们可能会呈现出它们所借用的形式的形状，比如这样。

借用结构图

其他结构

当你阅读这本书之外的作品时，你会遇到我在这里没有提到的结构。其中一些很难定义，比如尼克·弗林（Nick Flynn）在《垃圾城的另一个狗屁之夜》（Another Bullshit Night in Suck City）中使用的螺旋结构。你可能会注意到一些在文学界兴起的结构，比如伊丽莎白·斯特罗特（Elizabeth Strout）在《奥利弗·基特里奇》（Olive Kitteridge）中采用的短篇小说形式。当你读到一篇无法立即命名其结构的作品时，注意它是如何呈现的，看看你是否能用自己的话来定义它。

关于非叙事性创意非虚构作品结构的其他注意事项

阅读非叙事性作品中的结构意味着研究结构，分析作者是如何在页面上呈现概念或情感的。非叙事性创意非虚构作品，包括创意非虚构的混合体，通常使用上述的结构，围绕概念而非叙事来安排结构。非叙事性散文有时也会借用我们传统上认为具有学术性质的结构，如议论文或比较和对比。

有时非叙事性创意非虚构作品会借用其他非叙事结构，包括信件、实地考察记录、反思和长篇大论或激昂的演说。要查找各种结构的非叙事性散文和图片散文，可以去阅读 Buzzfeed 网站文章、《沙龙》和《创意非虚构》，或《纽约时报》的"现代爱情"（Modern Love）专栏。

关于诗歌结构的其他注意事项

诗歌可以使用我们已经讨论过的任何结构。有些作家会说，由于诗歌的性质，它经常使用分段结构。叙事诗通常遵循线性结构或时序结构。当你独自阅读诗歌时，你会发现诗歌遵循着编织结构或借用结构（例如，《老年人恐吓年轻人的十六种方式》）。

诗歌也遵循一些特定的结构，这取决于诗歌的类型或形式。我们不能在本课中涵盖每一种诗歌结构，但像作家一样阅读诗歌时，我们应该时刻关注诗歌是否按照特定的形式构建。当诗人根据特定的诗歌形式写作时，结构决定了诗歌的形式。例如，一首诗只有用十四行写成才能成为**十四行诗**（sonnet）。而且，只有这些行按照抑扬格五音步的方式写成，才能成为**传统的十四行诗**。要成为一篇**俳句**（haiku），诗歌必须是用五个、七个和五个音节写成的三行诗。一些诗歌结构，如**维拉内拉诗**（Villanelle），非常复杂，写作本身就是一个特殊的挑战。维拉内拉诗读起来很美，写起来很难，共有十九行，押韵模式明确而严格，还有一系列的重复和反复。

自由诗是指不按照特定的诗歌结构、韵律模式或节奏写的诗歌。尽管押韵可能会在诗歌中自然出现。玛丽·奥利弗的《引领》（见第 1 课）是一首带有押韵的自由诗。自由诗可以包含诗人传达信息所需的任意行数。自由诗也可以采用本课前面讨论的任何结构。许多当代诗人用自由诗写作。

换行是诗歌结构中至关重要的一部分。阅读诗歌时，要注意换行的地方。如果诗人按照特定的结构，就像上面提到的那样，诗人会相应地进行换行。写作自由诗的诗人会在换行上来强调思想、意象和情感，或者在声音或语言的模式上进行处理。同时，以散文形式创作的诗歌需要对换行进行某种反向考虑。我们阅读散文诗时会考虑到换行的缺失对诗歌的影响。换行或者换行的缺失也会在页面上创造出诗歌的形状。想象一首换行的诗，看起来像这样：

———————————

———————————

———————————

———————————

———————————

　　换行使诗在页面上看起来整洁、有序、对称，甚至流畅。现在想象一下，一首像这样换行的诗在页面上看起来锋利、不均匀和参差不齐。

———————————

———————————

——————————

————————

————————

———————

　　不同的诗的形式和视觉表征在书页上的呈现会给人不同的感觉。无序的诗与有序的诗感觉不同。

　　在工作坊中，诗人们会花费大量的时间来讨论换行的位置。像作家一样阅读诗歌时，我们也需要这样做。这也适用于我们当中的散文作家。除了欣赏诗歌的这一关键结构，对换行的反思还可以让作家深入了解其他体裁的结构。（当你在阅读中发现自己的作品在结构方面需要改进时，试着放下自己的手稿，休息几天，研究诗歌中的换行。虽然我不能给你一个循序渐进的秘诀，让你研究诗歌中的换行，并在研究其他体裁的作品结构时受到启发，但这似乎是有帮助的。）我们将在本课后面更深入地讨论阅读换行的问题。

作者对结构的选择

创意写作的结构和内容之间存在着一种关系。举个例子，想象一下俳句。在只有三行，总共十七个音节的限定下写一首诗，这会影响到诗的内容。诗人用十七个音节写一个主题，与他在自由诗中写同一个主题的方式不同，因为自由诗的形式并不规定行数或音节数。

散文作品中的结构与内容的关系也是如此。如果一个作家想在一篇文章中引入多个中心概念，或者在一个叙事中引入多条叙事弧线，那么作者会采用编织或分段的结构。这就是薇薇安·比库莱格在她的文章《剪报》中所做的。她把这些看似不相关的片段汇集到一篇文章中。如果采用线性结构，她无法做到这一点。编织和分段（或拼贴）结构给作家提供了空间，让他们能够将原本无法包含在一篇文章中的想法或叙事结合在一起。

混合体作品的内容和结构也是如此。正如兰迪·沃德在《赫斯图尔：摄影随笔》的作品中所做的那样，通过文字介绍、照片和照片说明的结构形式，对内容产生影响。格温·E. 柯比的混合体故事《杰瑞的螃蟹小屋：一颗星》是另一个处理结构与内容关系出色的例子。内容以 Yelp 评论的形式呈现，柯比必须按照一个特定的结构来叙述。按照这个结构会产生意想不到的效果。请注意，柯比在 Yelp 评论的结构中所做的那些尝试，可能是在传统短篇小说中无法实现的。

阅读结构

阅读叙事性作品时，我们要探究情节、叙事弧线和整体结构三者之间的关系。阅读非叙事性作品时，我们则要研究概念或情感与整体结构之间的关系。一种方法是绘制作品的结构图。你的绘图可能与本课前面包含的图形相似，或者你可以找到自己的方法来绘制结构。

现在，从读者的角度出发，绘制出作品的结构图，这对写作是一种有效的训练。许多优秀的作家也为他们的作品绘制叙事弧线或结构图。尽管我们最初在写作之前并不总是如此行事。我们中的一些人，尤其是那些使用非线性结构的人，甚至会把相关的作品打印出来，剪下来，然后像拼拼图一样移动各个部分。

结构永远不会是一种适合所有事物的东西，尤其是在文学作品中。阅读以理解结构意味着留意你以前从未见过或不常见到的结构。当你列出自己的必读书目时，试着把一些结构奇特的作品纳入其中，然后把这些结构写出来。当你为所阅读的作品绘制结构图时，如果你能创造一幅细致入微的图像，你就会知道你正在阅读一篇结构精细的作品——这对你来说是好事。

过渡

在写作术语中，你可能会将"过渡"一词与学术论文联系在一起，这是不恰当的，因为学术写作中的过渡概念会使作家使用诸如"除此之外""另一方面""此外""相反"等词语。这些词为学术著作的读者提供了所期待的连接材料——一座从此处到彼处常走的"桥梁"。

在创意写作中，我们对过渡有着更宽泛的理解。创意写作中的过渡发生在任何时候，以任何方式，作家可以将读者从一个思想或页面空间引向下一个。研究任何类型的过渡都有助于我们思考所有类型中的过渡。

有些创意作家更具创意，过渡形式也更不正式。创意作家们也试图避开常走的"桥梁"。这些"桥梁"会是狭窄的、颠簸的、摇摆的，或者在其他方面很有趣。

有时，创意作家们会使用包含数字、字母、单词或其他文本标记的空白作为过渡。在《杰瑞的螃蟹小屋：一颗星》这个混合体短篇小说中，柯比使用了空白以及星号和其他文本标记——Yelp 评论中的类别——位置、装饰、清洁、服务、食物。

有时作家使用重复来过渡。《你在大学里学到了什么》中，作者在她的大部分短文中都使用了一个被空格包围的短语"酒瓶在旋转"来过渡，下一段以"你学到"开头。读者顺利地从一个段落过渡到下一个，理解到故事时间正在随着游戏的进行而流逝。

有时，作者决定完全放弃"桥梁"，而创造完全不涉及文字而只使用空白的过渡。看看诗歌中的诗节中断，或者散文中的任何段落中断，两个段落之间的间隔都超过了通常的大小。分段式的文章通常使用这样的方式。过渡就是空白。文章之所以成功，是因为不同的思想相互碰撞。

巧妙地使用作品中的某些词句，也可以实现一种创造性的过渡。在《杰瑞的螃蟹小屋：一颗星》中，Yelp 的分类就是这部作品的有机组成部分。较长的过渡也是如此。当叙述者从评价服务过渡到评价他的妻子时，柯比用了简短的段落过渡："你们知道的，珍妮特有很多优点。我现在就想说一下。这并不是对我妻子的评价。"

这是与故事有机结合的过渡。它很突兀，但它的突兀正是它所假装成的 Yelp 评论故事的一部分。

无论如何，阅读结构还包括阅读以了解作家如何将读者从一个文本位置引导到下一个。这些位置可能涉及叙事时间、场景、概念、情感、线索、片段或任何其他需要读者在一行或一段的结尾与另一行或另一段的开头之间建立联系的空间。

形（式）

在诗歌和一些混合体作品中，阅读结构的一部分是关注形式。诗歌呈现在页面上的"形"是其结构的一部分。翻阅或滚动浏览文学杂志中的诗歌，看看诗歌是如何被塑造成有规律、平行的行和节（十四行诗和维拉内拉诗是其中两个例子），或者是不均匀、参差不齐的行和节。无论"形"如何，它们都是诗歌结构的一部分。"形"影响读者消化诗歌的方式。

读诗的时候，我们读文字，同时也会注意到线条的"形"。例如，在玛丽·奥利弗的作品《引领》中，诗中的线条参差不齐，甚至显得锋利。如果一首诗的"形"能够伤人，那么这首诗就能做到。当诗的讲述者向我们展示垂死的鸟儿，并邀请我们为它们的离去而感伤时，这些诗句似乎戳破了书页。正如我们在前文中所讨论的，《引领》的语言是平静的，并用完整的句子书写——一种宁静、平和的悲伤。但在这些参差不齐的线条中，我们也看到了某种突出的紧迫感。读这首诗的"形"，接受这种形式带来的冲击力，就像奥利弗邀请你参与这种体会一样。

以一种相关但不同的方式，散文诗可以通过其段落形式提高情感赌注。乔伊·哈乔在作品《恩典》中，回忆了自己攻读创意写作硕士学位时，美国学术体系中固有的种族主义。

在哈乔诗中所描绘的图景中，她用充满情感色彩的语言和日常用语来创造这些意象："饿殍和长着残肢的幽灵之声/破坏了栅栏，粉碎了我们温暖的梦想，我们再也无法/忍受一次。"她将这些语言和意象巧妙地编织成段落。段落本身就是学术体系中固有的一部分。段落在结构上是完整的，与被打破的栅栏相反。看看散文结构和段落形态如何改变你阅读诗歌的方式，如何凸显甚至聚焦于主题——即在偏袒多数群体的学术体系中努力的美国原住民作家？作为一名读者，你可能希望拆分这些诗行，但由于它们被结构化成了一个段落，你无法轻易做到这一点。

图像和文字

当混合体作品将图像与文字结合时，精明的读者会同时研究图像的排列以及文字与图像的布局。在有图片的散文中，请注意作者是否将散文组织成由照片点缀的文字段落，或者在文字介绍后跟随着图像。在《赫斯图尔：摄影随笔》中，沃德为这一系列图像写下了文字介绍。她还为照片拟了标题。这种结构使有照片的散文更接近新闻摄影的本质，也就是说，照片被给予了足够的展示空间。还要注意，标题通常提供的信息比照片中可见的信息要多。沃德让图像发挥了大部分作用，而使用简短介绍和带标题的照片的结构也为沃德提供了她需要的空间，让读者有足够的文字来理解该作品。

在有图像的散文中，请注意界面的排列方式，文本出现的位置，以及每个图像附带的文本量。

有些图像会占据整个页面，有些则在一页上排列成几层。有些界面有框架，有些则没有。有些是圆形的，而大多数不是。有些界面上有标题，有些有言语气泡，有些根本不包含任何文字。这些都是索菲正在做出的结构选择中的一部分。

索菲·亚诺用一块占据了整个第一页的大界面吸引读者进入这部图文小说，将读者包裹在一幅没有任何文字的黑白图像中。到了第三页，一个带有两个独立图像的界面划分了页面的空间，标题开始反映索菲的思考。随着叙述的继续，请注意图像和文字在页面上的编排方式。到了第六页，三层界面显示了索菲与母亲的一次对话。在这里，我们关注细节——每个细节都有一个有框的界面。细节通过绘图来呈现，包括索菲这一人物的不同部分，言语气泡和声音效果。看一下我们如何从索菲所在的位置和她的心态情况进行理解，然后把注意力转到她在与母亲的电话交谈中的一系列具体行动和细节。这向我们展示了索菲在结构上的创作以及所做出的艺术选择。

阅读结构策略

作为作家，我们阅读时关注结构，是因为在阅读的同时研究其他作品的结构可以教给我们如何构建自己的作品。我们可以在阅读时关注结构，但更重要的是在读完一篇文章后回过头来重新审视它的结构。只有当我们读完一整本书后，我们才能看到整体中的所有部分。如果要从我们阅读的作品中学习结构，我们必须看到分段、空白、整体结构、过渡、形（式）、页面布局以及其他所有内部部分是如何结合在一起的。

如果对于结构的二次阅读没有产生作用，那么试着先浏览一篇文章，并只关注结构。如果没有充分的阅读来理解一篇文章是关于什么的时候，快速浏览文章，观察一下空白出现在哪里，哪里有文本过渡，重复又出现在哪里（尤其关注被空白包围的部分），以及是否有章节、节或章的分隔。记下所有这些，然后完整地阅读这篇文章，边读边注意结构。

此外，考虑一下这一点：当你阅读一篇已发表的文章时，各部分已经固定，但在作者写作的时候，每个结构的组成部分都是流动的。作者做出了无数关于作品的决定和选择，将作品呈现给你，就像你在页面上看到的那样。

让我们通过研究两部作品来探索结构阅读，这两部作品分别是薇薇安·I. 比库莱格的作品《剪报》和扎迪·史密斯的《柬埔寨大使馆》的长篇节选。我们将在这里查看这些作品的部分内容。

我们已经讨论过薇薇安·I. 比库莱格的《剪报》可以被视为一个编织式散文的例子，它也可以被看作一篇分段的散文。比库莱格将她的散文分为四个部分，然后均匀地将这些部分编织在一起，像编头发那样来回编织。这种文字编织的效果既美丽又复杂。

《剪报》将四条看似不同的线索编织在一起：叙述者的行走和旅行，她在听新闻；一名年轻的犹太男孩被谋杀并肢解；玛丽·奥利弗和她的诗歌；恐怖主义可怕的攻击行动。

为什么要把四条思维线索结合在一起呢？因为这就是生活的运作方式。这些不同的部分结合在一起，有些线索，尽管不受欢迎，却强行融入其余部分。无法言说的暴力发生在孩子身上。不管怎样，新闻报道都这么说。一名儿童遭受难以言说的暴力。新闻报道还是将其说出。作为生活在一个日益暴力和混乱的世界中的人类，我们希望暴力不要触及自己的生活，但暴力的消息依然可能以个人的方式触及我们。这是比库莱格文章的内在景观的一部分。暴力并没有发生在她的生活中，但触动了她。

正如前文所述，这部作品还借用了 A、B、C、D 模式中的大纲结构。然而，与大纲不同的是，这些字母是重复的。它们作为文本过渡标记出现在作品中。正如比库莱格在最近一次关于她的文章的访谈中所说："A 等于 A 等于 A，等等。这些字母在提示读者。"毕竟，提示读者是作家使用结构标记的原因。在这种情况下，标记，即字母，为读者提供了一种跟上复杂结构的方法，并帮助读者立即知道我们在遵循哪一条线索。

字母周围的空白，以及数字 1、2、3、4 和小标题在更大部分之间提供了额外的分隔符和过渡标记，而不需要其他连接词或短语。

在扎迪·史密斯的故事《柬埔寨大使馆》中，我们看到了一个由空格和数字分隔的线性结构。章节并不完全是章节，但它们之间的编号和大量空白让读者在各个部分之间有了更大的停顿。在这样一个长度的故事中，停顿或间断是很重要的，如下摘录所示。

0-1

谁能预料到柬埔寨大使馆的存在呢？没有人。没有人能预料到，也没有人期待它。这对我们所有人来说都是个惊喜。柬埔寨大使馆！

大使馆隔壁是一家诊所。另一边是一排私人住宅，据说其中大多数属于（我们威尔斯登人是这么认为的）富有的阿拉伯人。它们的前门两侧都有科林斯式的柱子，据说后面有游泳池。相比之下，大使馆并不是很宏伟。它只是一栋四五居室的北伦敦郊区别墅，大约建于 30 年代，周围是一堵约 8 英尺高的红砖墙。一只羽毛球在砖墙顶部来回水平飞舞。他们正在柬埔寨大使馆打羽毛球。啪啪啪，砰砰砰。

············

在这里，空白和数字也形成了过渡。过渡往往发生在叙事时间的小段落中或法图自己想法的转变之间。但也要注意其他的过渡。虽然整体结构是线性的，但故事仍然具有结构上的复杂性。请注意作品中视角的过渡，从希腊合唱团式的"我/我们"代表威尔斯登人民说话，切换到近距离第三人称的法图的视角叙述。这些过渡都发生在空白后，其中除了一个其他都发生在自己的编号的部分，将合唱式叙述与其他内容区分开来。

如果没有空白和编号的部分，这些过渡就不会起作用。请注意这种过渡方式是如何推进故事情节的。除此之外，史密斯没有写任何过渡性的文字。当我们阅读创意写作作品时，我们往往只在过渡出现问题时才注意到它。如果你在第一次阅读时没有注意到空白和小节分割作为过渡，那是因为它们被安排得很巧妙，也很自然。所以请回头重新阅读几个片段，留意空白，留意不需要其他内容就能顺利从一个段落或小节转到下一个的方式。

讨论问题和写作提示

讨论问题：关注结构

1. 找到三种有不同结构的作品。解释或绘制每一个作品的结构，然后讨论为什么你认为作者为每个作品选择了这样的结构。这些结构给作品带来了什么？它们如何影响你阅读每一个作品的方式？这些结构与写作的主题有什么特殊的关系吗？

2. 找一首诗和一篇非虚构作品，研究它们的过渡。首先解释作者如何使用空白、重复、换行或段落间断以及其他结构标记进行过渡。接下来，解释这些过渡是如何引导读者在不同的内容之间转换的（如叙事时间、概念、情感等分块）。

3. 研究兰迪·沃德的《赫斯图尔：摄影随笔》（见本书附录）。探索图像和文本之间的结构关系。图像和文本在页面上是如何排列的？你在哪里看到更多的文本，在哪里看到了更多的图像？你是如何接触到文本的——是作为一个标题的一部分、一个段落、一个音效、一个气泡对话框等等？你认为作者为什么做出这些选择？

写作提示：关注结构

1. 创作提示。

起草一个借用结构或非线性结构的作品。如果你不确定如何开始，可以按照亚马逊网站产品评论的结构写你自己的故事或文章，或选择三个叙述思路并开始分三条线索写它们。

2. 修改提示。

选项 1. 花一些时间在故事、诗歌或文章的当前草稿中尝试不同的过渡方式。尝试以不同的方式使用空白、文本过渡标记、重复或三者的组合。不要害怕尝试。在你尝试使用了这些过渡之后，再次阅读作品。如果你喜欢这些变化，就保留它们。如果不喜欢，请记住，尝试不同的过渡方式可以帮助你成为一名更好的作家。

选项 2. 改变手稿的结构可以让你重新修订一篇尚未满足你要求的作品。有时，通过改变结构可以让你重构一部作品并引入新的想法。使用你正在进行的手稿进行不同结构的尝试。彻底改变结构。试着引入新的思路或叙事线索，并将这些思路/叙事编织到你当前的作品中。或者你可以跳过编织，试着引入新的想法来写一篇拼贴作品。或者通过借用结构，将一个容易识别的作品转化为一个混合体作品。如果你将你的诗或文章变成一个列表作品，会发生什么？如果你借用一个不同的形式，会发生什么？一篇短篇小说能变成一个数学方程式吗？或变成一篇评论或者一封申请信吗？或者你可以尝试重新排列开头、中间和结尾。当你创作的时候，把你的作品打印出来并剪碎。如果你没有打印机或没有纸张，可以在屏幕上进行剪切。

第6课 | 角色塑造

熟悉： 发现深度和细微的差别

你是否曾经看到过社交媒体上不时弹出的信息，询问你对文学角色的看法这类尴尬的问题？例如，如果你有机会和一个文学作品中的角色约会，你会选择谁？如果你能和一个文学角色一起喝咖啡，你会选择谁？如果你能和一个文学角色一起吃午饭/购物/打保龄球/做朋友，你会选择谁？作者需要在作品中有意识地进行角色形象塑造，让读者能够亲近角色，这样读者才能回答这些问题。当读者可以想象和一个角色一起约会或购物时，读者就真正了解这个角色了。

在本质上，角色塑造是让读者了解作品中角色的一个过程。优秀的作家不仅仅向读者介绍角色，更要确保读者以亲密而细腻的方式了解这些角色（至少是主要角色）。

在思考角色塑造时，所有读者和作家都必须记住，角色塑造适用于所有类型的叙事。

这种叙事写作的基本部分也是叙事阅读的基本部分。作为读者，角色塑造很容易被忽视：当角色塑造做得好时，它可以无缝地融入叙事，常常能对情节和冲突起到推动作用。好的角色塑造通常是通过一系列小而具体的细节积累起来的。这些角色细节的积累使读者足够了解角色，从而使故事变得完整。有时候，这些细节让读者对角色的了解十分深入，以至于他们开始感觉自己几乎可以把角色当作朋友或潜在情人了。

也许你已经遇到过一个让你有这种感觉的角色（我也有这样的感觉，但我不会透露具体名字）。如果你有，请想一想作家写的哪些细节让你产生这种感觉。如果没有，那么寻找故事之外你想了解的角色，不失为一种为了解角色塑造而阅读的好方法。

完成度高的角色塑造并不是像暴风雪那样突然降临，它更像是一场温和但持久的降雪。当我们阅读以了解角色塑造时，我们并不是在寻找信息的堆积。我们寻找的是那些能够累积起来的细节。举个例子，在《杰瑞的螃蟹小屋：一颗星》中，作家加里使用了 Yelp 评论的形式。研究任何类型的角色塑造对我们的写作都是有益的，它可以帮助我们在其他类型作品创作中获得相关经验，这对作品获得成功而言非常重要。在本节课的这一部分，我们将研究两部小说中的角色塑造，但这个讨论也适用于讲述创意非虚构作品和诗歌作品中的角色塑造。

在 Yelp 的设置和前三段中，我们了解到了关于加里的一些细节：他加入 Yelp 仅一天。他刚搬到巴尔的摩。他认为他的妻子"要么做好它，要么别做"，他想开个玩笑，"（哈哈）"。至少自从搬家后，他通勤时间很长，而且他有着有趣而不拘一格的音乐品味，在长途通勤期间，他会听 CD。

看看我们是如何在阅读中逐渐加深对角色的认识的。我们是从各处了解这些细节的，这些细节并不是都堆积在一个段落中的。尽管加里在 Yelp 上展现出的态度是如此，可我们开始更加为加里感到难过。如果我们一口气接收了所有的信息，可能就不会产生这样的感觉。如果这些细节不是那么细致入微，我们也不会觉得加里很有趣。如果用一个不那么有趣的方式描述加里的经历可能是这样的：加里最近搬到巴尔的摩，他的婚姻关系有些紧张，他开始在 Yelp 上阅读餐厅评论，并在长途通勤中听音乐。这就是一个角色信息堆积。它还包括了一些细节，虽然具体，但并不细致入微。幸运的是，当我们阅读《杰瑞的螃蟹小屋：一颗星》时，我们是从一位好作家的手中获得细节的，通过阅读这篇文章的前几段，就可以学到很多有关角色塑造的知识。

当我们深入学习这一课时，重要的是要记住我们在这里讨论的内容：角色塑造是以小而具体的不易察觉细节的形式积累来实现的，正如柯比在故事开头精心设计加里的角色塑造时提供的示例那样。

身体特征

我们都是以身体存在的，我们都会注意到周围人（和生物）的身体。这就是为什么身体特征是角色塑造的一部分。我之所以提到生物，是因为偶尔，主要角色不是人，甚至不是来自其他宇宙的类似人的生命形式。（阅读拉莱恩·保罗的小说《蜜蜂》，或者在互联网上搜索一些小小片段，看看对非人类的精彩的身体特征塑造）无论是人类还是其他人，了解角色的身体是角色发展的基本部分。

注意阅读角色的身体特征，这是我们了解他们的一部分，因为在阅读这些身体细节时，我们可以想象角色的外貌、气味、声音，以及触感。我们也喜欢了解角色的年龄和其他基本数据，这些信息会让我们从基本的、物理的角度了解这个角色。我在这本书中所提及的作家们都努力使读者熟悉他们故事中的人物。例如，扎迪·史密斯在《柬埔寨大使馆》中，使用了不易察觉但细致的笔触来塑造角色。

在最初的两节中，角色的身体特征开始显现。通过描述法图在哪里游泳，以及将她与这个特定泳池中的其他人进行对比，史密斯对角色的身体特征进行了塑造。"法图现在已经在这里游过五六次了，她常常是游泳池里最年轻的人，比其他人年轻几十岁。一般来说，顾客多是白人，或者是南亚人或中东人；但偶尔，法图也会在水中遇到自己的非洲同胞。"在这些行文中，你读到了法图的种族和她的年轻，这两者都与其他富有的健身俱乐部顾客形成了鲜明对比。这些角色塑造的片段为情节服务，同时让读者了解法图。

后来，在 0-11 节的内容中，史密斯详细介绍了两个主要角色法图和安德鲁。注意作者对法图头发的小细节描写。史密斯描述了法图的一个动作——"她把辫子编成发髻，把帽子戴在头上"。我们因此获得了作者对她头发的特点、感官上的描述。

我们还了解到了关于安德鲁身体的细节。史密斯写到安德鲁的"湿漉漉、散发着浓烈气味的身体"。同样，关于安德鲁身体的近距离（甚至是令人不舒服的）信息是在一个动作中出现的。再读一遍整句话："她和安德鲁共用一把伞，一直走到地铁站，任由安德鲁把她拉进他湿漉漉、散发着浓烈气味的身体旁。"

同样值得注意的是，0－11 节的内容中，关于安德鲁身体的这些细节，是在前面多节的一系列精心设计的细节之后出现的。我们可以看到史密斯如何在对话中融入安德鲁的身体细节：首先是"安德鲁胖乎乎的脸笑得皱皱的"，然后是"他比法图大三岁"的事实；接着是"他的婴儿肥和努力生长的胡子"。

对于法图和安德鲁这两个角色来说，细节都在积累。随着故事的继续，我们获得了重要但不易察觉的身体描述，这些描述最终让我们看到、感觉到、闻到了这些角色，也注意到这些角色细节的不易察觉之处。通过描述法图如何处理她的头发，我们了解到她的头发是长的，梳成辫子。我们并不是简单地被告知安德鲁有一张胖乎乎的脸，而是在他的微笑中看到。胡子是"努力生长的"，身体"湿漉漉、散发着浓烈气味"。这些并不是你在任何地方都可以读到的关于任何人的细节。这些就是作家所说的细致入微的细节。

情感、心理和精神特质

正如一个人不是只有外表那样，一个塑造得当的角色也不只是局限于肉眼所见的身体细节。优秀的作家会从内部塑造他们的角色，创造更为完整的人物。

在阅读的过程中，我们需要进一步研究细节，以洞察作家对角色的情感、心理和精神方面的塑造。举例来说，在《柬埔寨大使馆》的 0－10 节和 0－11 节中写道，安德鲁"正在伦敦西北学院攻读非全日制的商学学位"。角色正在攻读哪种类型的大学学位，揭示了角色心态的一个关键部分：安德鲁想成为一名商人。还要注意其他细节：我们知道他在哪里攻读这个学位。我们知道他是非全日制学生。研究角色塑造，重要的是要考虑这些额外的细节揭示了关于安德鲁的什么信息，以及为什么它们在故事中很重要。

里面关于法图的句子也以不同的方式揭示了某些特点："但有时安德鲁渊博的知识让她感到紧张。她会发现自己很难记住那些她自以为已经知道的事情。"在这里，我们可以看到法图的聪明和她对自己辛苦获得的知识的不确定之感。法图对安德鲁无感的反思也以其他方式被揭示了出来，"然而，她的某个部分却依然在抗拒他，某个邪恶的部分"。请注意，这个细微的冲突是如何揭示了法图对自己道德品质的体认，既激起了冲突，又并让人感觉到她的心理状态。这不仅仅是抗拒，她认为产生这些感觉是错误的。

法图的精神信仰也在揭示她的角色特质的同时激发了冲突。在 0-10 节的结尾，当安德鲁问法图为什么上帝会选择他们来承受苦难时，发生了这一幕："'但这不是他的错，'法图平静地说，她越过安德鲁的肩膀向外望去，雨正砸在窗户上，'这是魔鬼的错。'"对于法图来说，魔鬼是真实存在的，她感觉到他在世界上的邪恶。我们作为读者，看到冲突在加剧，并在故事中看到角色的内在深度不断增长。

仔细阅读作家对角色的心理、情感和精神塑造，这将向我们展示一位作家是如何努力使法图和安德鲁这样的角色内外都完整的。

习惯、互动和反应

优秀的作家在对角色的塑造中会包括角色的习惯，与其他角色的互动和反应。与角色塑造的其他方面一样，习惯、互动和反应会引发冲突并影响情节。

在《柬埔寨大使馆》中，法图习惯用相对较少的词语告诉读者很多事情，这些词语在整个故事的几个部分中累积起来。伴随着阅读，我们越来越多地了解到法图的习惯：法图"承受不起""闲暇时间"，但她还是在大使馆的对面停了下来。她不仅停下来了，而且"似乎又舍不得"放弃这些时间。她也买不起泳衣，所以她用自己的内衣临时应对。她还把一个陌生人丢弃的泳帽装进口袋。对法图来说，这顶帽子的价值足够大，让她拿起它，把它戴在自己的头上。作为读者，我们同情她，但我们也认为她足够勤奋和特别，因为她穿着内衣游泳，在雨中戴着泳帽回家。看到这些习惯和反应是如何累积起来，帮助塑造出法图这样一个复杂且引人注目的角色了吗？你可能会为她感到难过，但除了难过，还有更多的感受。对某人（无论是角色还是其他人）只感到难过永远是不够的。

安德鲁的习惯使他的角色也成为一个有独特自我意识的人。在 0-10 节中，描述安德鲁习惯的一系列细节如下：

> 安德鲁"在他的咖啡里放入了四块糖中的一块"。
>
> "安德鲁把他那副教授式眼镜往鼻子上推了推。"
>
> "安德鲁摘下眼镜，用衬衫的下摆擦了擦。"

这些对安德鲁习惯的描述散布在整个章节中，向读者展示了他在和他渴望的女性喝咖啡时的行为方式。注意他多么频繁地触摸他的眼镜。注意文字中的细微差别，不是他的咖啡加了糖，而是他加了"四块糖中的一块"。

同样重要的是要研究将这两个角色联系在一起的习惯。0-7 节中有一段话：

> 例如，每周日早上，法图都会定时离开房子，去 98 号巴士站与她的教会朋友安德鲁·奥孔克沃见面，然后和他一起前往基尔本大道附近的耶稣圣心教堂做礼拜。之后，安德鲁总是带她去一家突尼斯的咖啡馆，在那里他们喝咖啡和吃蛋糕，而这些都由在市里担任夜班警卫的安德鲁来买单。

这段话展现了对角色的塑造。注意这段文字是如何通过对诸多习惯的描写来构建角色的，以及这些习惯揭示了什么关于角色以及他们之间关系的信息。我们看到他们在哪里做礼拜，他们去哪种咖啡馆，他们在那里吃喝什么，谁付账。这些习惯都增加了我们对角色的了解，并为我们在后面的部分了解更多与角色相关的细节，提供了丰富的空间。

记住这些习惯，阅读0-11节的这两个互动："有好几次他试图把伞留给她，但法图知道从阿克顿中央站到安德鲁的单人公寓的路很长，她不愿让他为了她而受苦。""'愿你平安。'法图说，然后纯洁地在他的脸颊上亲吻了一下。安德鲁也做了同样的事，他的吻比必要的时间稍微长一点。"仔细阅读这些台词之后，你可能想要问，这些是否是冲突的一部分，或是角色塑造的一部分。答案是两者皆是。在写这些互动时，史密斯既构建了冲突，又塑造了角色。也要注意，法图的纯洁之吻与安德鲁的吻之间的微妙区别——法图纯洁的吻与安德鲁比必要的时间更长的吻。

像作家一样阅读这些段落，可以证明习惯、互动和反应也是角色塑造的重要组成部分。

言语、对话

我们认为角色说话的方式是对话的一部分，这当然没错。可角色说话的方式也是角色塑造的一部分。我们已经在本章的其他讨论中看到过对话。角色塑造可以写进对话当中，因为对话是角色之间相互传达思想和感受的方式。角色使用特定短语也可以揭示角色的发展。例如，当法图说"愿你平安"时，她说的是一句基督团契的短语。从这段对话中，我们知道她接受了基督教的这一习俗，我们看到她在实践自己的信仰。通过四个字的对话，获取到关于一个角色的很多信息。

法图在安德鲁亲吻她的脸颊之前对安德鲁说了这些话，这让我们更多地了解了她对安德鲁的感情，这实际上既塑造了她的角色，又激起了冲突。

1-10节中有这两句对话：

"但在卢旺达死的人更多，"法图说，"而且没有人谈论那个！没有人！"

　　"是的，我认为你说的是对的。"安德鲁承认……

　　法图和安德鲁说话就像聪明人一样。通过他们对彼此说的话，我们可以更好地了解了他们是谁。在关于法图的例子中，这比故事本身更重要。法图所说的内容告诉我们，人口贩卖的受害者和我们其他人一样聪明，而且他们往往知道世界上许多人忽视的真相。

整体的角色塑造

　　不过，让我们停一下，这些类型的角色细节之间的界限是否有些模糊了。

　　是的。确实如此。这就是当作家创造出细致入微的细节并将角色塑造成我们能完全认出的人物时会发生的事情。为了方便讨论，我们将角色细节分为四种类型，但作家塑造的是完整的角色。当你阅读有关角色塑造的文章时，请注意作家如何将不同类型的角色细节融合在一起。

当叙述者也是一个角色

　　一般来说，关注角色的塑造本就很困难，那么当叙述者也是故事中的角色时，这个任务就更加艰巨了。当一个故事由故事中的一个角色讲述时，就会发生这种情况。作为复杂而有趣的人物，作家可以使叙述者角色的概念变得复杂而有趣。大多数时候，叙述者角色是以第一人称（我）的视角来叙述故事的。然而，有时候，叙述者角色会以第二人称（你）的视角来讲述故事。我们将在下一课中更深入地探讨视角问题。这里的重点是要记住，有时主角会被称为"我"或"你"，并且亲自来讲述故事。

小说和创意非虚构作品中的叙述者角色

　　当一部小说或创意非虚构作品由主角叙述时，叙述者也是故事的重要组成部分。这意味着作家将叙述者塑造成一个完整的角色。无论是阅读小说还是创意非虚构文学，作家们都可以学习如何塑造叙述者角色。

在凯伦·唐利·海斯的创意非虚构作品《你在大学里学到了什么》中，唐利·海斯称自己为"你"，而这个"你"既是主角也是叙述者。

> 你学到，自己还是很天真，当埃德说"车头灯不错，凯伦"，你几乎可以肯定他不是在说你的眼睛。你跟其他人一起笑起来，但你不看埃德，也不看其他的朋友。你继续微笑，继续装作喝醉了，意识到你在一轮游戏前，就是在失去 T 恤衫的那一刻，就已经跨过了你的舒适区。你想离开。你想冲进寒冷的黑夜，但你没有。

我们了解到叙述者角色在游戏过程中发生变化，她变得不舒服，并意识到她已经不再醉酒。我们还了解到了她的精神状态以及她的信仰和价值观。这个"你"是参与这场游戏的人，但并不知道这类游戏的微妙在于让人不断地脱掉自己的衣服，她对此感到不舒服。她"仍然很天真"，同样重要的是，她意识到自己仍然很天真。关于这个叙述者的细节不断累积，向读者展示了她在游戏中的变化，也向你展示了她是什么样的人。如果没有对"你"的这个叙述者角色的塑造，这篇文章就行不通，因为作为一名读者，你不会足够了解她，不会关心她在大学时玩脱衣转瓶游戏时做了什么。如果要关心这个叙述者角色，我们需要知道关于她的更多细节，无论她是在讲述一篇创意非虚构作品（就像她现在这样）还是小说。

我们还得到了一些关于这个角色的外貌信息，至少在这篇文章中其他人是这样看她的。这是通过埃德的对话从另一个角色的视角传达出来的。考虑到这篇文章是关于一个脱衣转瓶游戏和叙述人物的逃离的，通过另一个角色的"眼睛"看到她，对她在讲述的故事很重要。

在《杰瑞的螃蟹小屋：一颗星》中，我们知道叙述者的名字是加里，因为它在 Yelp 的评论中列出。但加里在整个故事中都称自己为"我"，这使他成为第一人称的叙述者。就像多数写得好的故事（无论是虚构还是创意非虚构）都有一个第一人称的叙述者，在《杰瑞的螃蟹小屋：一颗星》中，我们从角色对自己的描述，或从他认为别人如何看待他中，了解作者如何完成角色的塑造。

加里用一句幽默但辛酸的句子描述自己的身体细节："我看得出来他们在对我评头论足，议论我的西装和我站立的方式，因为我有些别扭，我有异常长的手臂。"为此，加里解释了他认为坐在酒吧的人是如何看待他的，并揭示了他对自己外貌和姿态两个方面的不安全感。我们还要注意其中的细微差别，以及这些有细微差别的细节如何让你为加里感到难过——他觉得自己的身体姿势是"尴尬的"；他觉得自己的手臂"异常地长"。在这短短一段中，我们还了解到了他的穿着，以及他对穿着的自我意识。注意我们在这两句话中读到了多少关于角色的信息。我们从身体和情感的角度加深了对加里的理解，这是我们在两句话里就可以得到的信息。

后来，加里解释了妻子对他外貌的看法："我想她会说她觉得我帅，而不是说我很帅。"在这里，我们也可以看到，作者如何站在"我"的视角，通过描述别人对"我"这个角色的看法来呈现外貌的特点。在同一节中，加里自相矛盾地揭示了他对性的感受："我不认为谈论一个男人和他的妻子之间的自然行为有什么问题。不像那个酒保，我对自己的性取向并不那么缺乏安全感，我不必诉诸恐同、不恰当地谩骂。"而在下一段中，他说："我有时确实会在谈论性方面遇到问题。"在这里，叙述者透露了关于他自己的事实，让读者深入了解他的情绪和心理状态。从这些角色细节和整个故事中的其他细节中，我们更加深入地了解了加里，甚至比我们之前或任何 Yelp 读者所希望了解的更加深入，这当然是为什么这个第一人称叙述者角色塑造得如此成功的原因。

在《你在大学里学到了什么》和《杰瑞的螃蟹小屋：一颗星》中，我们可以看到叙述者角色向我们提供了哪些需要知道的细节，以使我们想去关心人物的命运。同样要注意的是，这两篇作品中存在着同样类型的细节——我们对叙述者角色的外貌有了了解，我们理解角色的情绪和心理状态，我们窥见了角色的价值观。在这两篇作品中，我们还通过来自另一个角色视角的对话了解到角色的身体特点。一起研究这两篇作品中角色的塑造，记住角色塑造的特点和方法，当我们再去写其他创意非虚构和小说的时候，就会有机会用上这些。

创意非虚构作品中叙述者角色的特殊性与复杂性

富有创意的非虚构作品确实为叙述者角色增添了一些额外的复杂性。这些复杂性可以追溯到我们在第 1 课中关于创意非虚构讨论的内容。叙述者角色的细节必须是真实的，并且只需要包括叙述者生活中与这个故事相关的那些方面——作者现在在这本书或文章中讲述的那些方面。这就是创意非虚构作品中叙述者角色的棘手之处。通常，讲述故事的"我"也是作者。那些打算创作创意非虚构作品的人需要特别注意创意非虚构作家是如何将自己塑造成页面上的角色的。我使用的"创造"这个词，在这里也有些微妙。在创意非虚构作品中，"创造"并非意味着"编造"。当作家把自己塑造成角色时，他们所做的就是记住读者需要的角色细节，然后找出关于他们自己的哪些细节对他们正在讲述的故事有意义。例如，唐利·海斯不需要告诉我们她的所有外貌细节。对她正在讲述的故事来说，她在失去 T 恤后，埃德的视角就足够了。

在李昌瑞的《海胆》中，描述自己的方式简洁而有力。更重要的是，它向读者展示了关于这个既是叙述者又是这部回忆录主角的"我"的信息。角色塑造的每个方面都在这里。我们知道他的基本情况——他的年龄和种族，以及他自幼儿时代以来第一次回到首尔的事实。我们知道他的其他身体细节——他很臭。我们看到他的习惯，因为它们与李昌瑞在这部回忆录中讲述的故事有关——在首尔，他试图从打开的出租车窗户中舔催泪瓦斯。在这里，他想尝试一切。我们知道他的心理状态，并理解他正处于青春期的困扰中。

在李昌瑞的作品中，我们也看到了角色塑造是以细微的、渐进的方式进行的。例如，作者是如何表现母亲对他的疑惑，并通过反思自己在旅途中的感受来反驳的。

在创意非虚构作品中叙述者角色的塑造有时候带有复杂性，例如，写作某篇文章的作家和当时经历这些事情的叙述者之间的差异。当创意非虚构作家把自己塑造成页面上的角色时，他们必须将这些人物塑造成他们当时的样子，也就是他们正在书写的经历的样子。与此同时，他们还必须向我们展示这个人回首往事的视角。这听起来很复杂。李昌瑞把自己描绘成一个陷入青春期的十五岁少年，当时的男孩感受到了一切，但他可能无法用这种方式去表达自己的感受。在这里，我们看到的是一位经验丰富的叙述者回顾过去，告诉我们他现在的理解。在创意非虚构作品中，这被称为反思（reflection）。

凯伦·唐利·海斯在叙述《你在大学里学到了什么》时也使用了"反思"。"你在期待什么？"这个问题就是一种反思，这位经验丰富的叙述者回顾过去，想知道天真烂漫的大学时代的自己在那晚期待什么。这种反思在结尾段再次出现。就像李昌瑞在作品《海胆》中的反思一样，这种表达来自经验丰富的叙述者视角对过去的回望。在这里，她带着遗憾回顾了这段早期的经历。我们从这篇文章中知道，她做出了明智的选择，退出了脱衣转瓶游戏，也离开了埃德，但有时即使做出明智的选择也会让我们感到遗憾。我们大多数人需要一段时间才能学会这一点。《你在大学里学到了什么》的叙述者已经吸取了这一教训，她在这里对这一教训进行了反思。

这就是所有这些的要点：在创意非虚构作品中，叙述者角色必须在读者看到的那些页面上塑造出他们当时的自我（即经历发生时的样子），并向我们展示叙述者现在的视角，反思这次经历的重要性。

探索非叙事形式的角色塑造

如果我没有指出角色塑造也可以增强非叙事性创意写作的表达效果，那我就太疏忽大意了。的确，非叙事性创意写作通常不需要深入的角色塑造，这是叙事类作品的核心。但是，当作家将角色细节包括在内时，精明的读者应该注意到这些细节，因为这些细节会影响中心主题或引发共鸣的意象。我们的例子是《赫斯图尔：摄影随笔》。阅读开头的一段，我们会了解到关于叙述者（在这种情况下，也是摄影师）生活的一些小细节。

> 不可避免地，我也成为赫斯图尔村动荡的社会潮流的主题。作为一名新来岛上的人，岛上最年轻的居民，一位独立就业的单身女性，而且还是一位外国人，我的生活充满了解读的空间；没过多久，我的日常和社交活动就受到了各种各样的审视。然而，正是这种强烈的亲近感和孤独感的复杂配置，使我在赫斯图尔的时光，在法罗群岛度过的最后 6 个月，变得格外生动。我体验并见识到了令人难以置信的生活和人性，并经常参与其中，几乎到了难以承受的地步。无论我是在羊圈里帮忙，还是在晒新割的干草，或是和约尔莱夫进行着一场多彩的对话，教约蒙德如何使用电子邮件，抑或是借埃伯的晾衣绳用一个下午，也许我最温柔的团结行为就是在晚上打开厨房的灯，让人们看到我还在那里。

以下是我们了解到的关于叙述者/摄影师的一些细节：

◆ 她是一位女性。
◆ 她是一个局外人。
◆ 她在赫斯图尔度过了 6 个月。
◆ 她是自由职业者。
◆ 她是该岛上最年轻的居民。

这些信息并不多，我们只需几句话就能了解到。因为《赫斯图尔：摄影随笔》谈的更多的是这个地方，而不是叙述者，所以我们不需要知道更多。但看看这些信息如何影响我们阅读文章其余部分的方式，包括我们阅读照片的方式。如果这些信息中的任何一条有所不同，读者就会从稍微不同的视角出发去阅读。例如，如果叙述者自出生以来就一直住在赫斯图尔岛上，我们会知道这些文字和照片来自一位内部人士，而这个人的整个生活和存在都是由这个岛塑造的。相反，我们读到的是沃德写的关于这座岛的内容，一个对这个地方有深入了解的外来者、一个年轻的访客决定在这个岛生活一段时间，同时也作为一个记录者来观察和讲述这里。

在非叙事性作品中进行角色塑造这段插曲，完全是为了解释，角色信息的一点微小细节就会影响读者理解原创作品的具体方式。因此，即使你在阅读非叙事性创意写作作品时，也要时刻留意那些对作品产生真正影响的有趣的角色塑造的部分。

阅读角色塑造：进一步考虑

角色塑造是所有叙事形式的关键部分，这意味着阅读角色塑造在阅读中也是至关重要的。当你阅读、研究角色塑造时，请注意其技巧是如何根据作品类型而变化的。例如，在闪小说和微文中，作家可以用少量的词语和简短的笔触完成角色塑造。阅读贝丝·乌兹尼斯·约翰逊的《阴性结果》中的这句话。"你有个丈夫和三个孩子，一个大体上不错的生活。最小的孩子已经不穿尿布了，你的团队赢得了保龄球联赛。"简短的笔触，少量的词语，但在其中，读者可以窥见"你"——正在叙述这个故事的主角。

在图像叙事中，读者需要以另一种方式寻找角色塑造——寻找视觉角色的塑，这是图像作品的关键。阅读，看到作家/插画家用视觉展示哪些角色细节，以及作家用文字展示哪些细节。例如，索菲·亚诺的《矛盾》直接向我们展示了索菲（角色）的样子，她的姿态和行动方式。

索菲的形象向我们展示了关键的身体细节——索菲戴着眼镜，驼着背，但走路步幅很大。在同样的页面中，旁边的文字告诉了我们更多关于索菲的角色信息——她真的希望自己在巴黎有自行车，她觉得自己无法与大多数留学生建立联系。索菲的言语气泡向我们展示了她所说的话——当她意识到自己难以融入其中时，她就会习惯性地表现出礼貌的表情。

阅读角色塑造的一些策略

无论哪种类型的作品，如果阅读的方法得当，那么阅读角色塑造也会很有趣的。我们尝试使用以下策略来阅读角色塑造。

◆ 勾画出你读到的关于一个角色的身体细节。

◆ 为每种类型的角色塑造（身体、心理/情感/精神、习惯/互动/反应、言语/对话）制作专栏，并列出每一专栏的角色塑造的细节。

◆ 在阅读时，突出显示角色塑造的信息和细节。注意这些细节属于哪种类型的角色塑造。

◆ 读过一次原创作品后，进行一次角色塑造的搜寻。从身体、心理/情感/精神、习惯/互动/反应、言语/对话四个类型中找出每一个类型的角色塑造的细节。

讨论问题和写作提示

讨论问题：关注角色塑造

1. 如果你能和本书叙事作品中的一位主角共进午餐，你会选择谁，为什么？那么，这将是怎样的一顿午餐呢？友好的？浪漫的？丰盛的？还是只有沙拉？有饮料吗？在室内用餐？家常菜？确保你的答案包括你在故事中发现的有关这个角色的细节，以及作家是如何传达这些细节，以让你想和这个角色共进午餐。

2. 找一篇散文诗和一篇微小说，研究其角色塑造。列出这些作者使用的角色塑造类型，并引用你了解到的关于角色的细节。这些作家是如何在这么少的文字中塑造角色的？角色塑造如何影响每一个叙事？

3. 找一篇散文诗和一篇图像小说，使用本章末尾列出的策略之一，研究每个作品中的角色塑造。然后比较你在不同作品中看到的角色塑造。作家们在哪里使用了类似的技巧？它们有什么不同？

写作提示：关注角色塑造

1. 创作提示。

根据角色塑造的各个方面，为一个主要角色制作一个角色草图列表。
尽可能具体并且有趣。以下是一个示例模板，可以帮助你开始。

角色名称：

种族/民族：

性别认同：

年龄：

身体描述/绘图：

职业/学校：

对职业/学校的感觉/态度：

宗教/精神偏好：

爱好：

习惯：

恐惧：

目标：

能引发笑声的东西：

最喜欢的食物：

只在早上吃的食物：

只尝试过一次的食物：

恶心的食物：

咖啡、茶还是果汁？

乳品、米奶还是杏仁奶？

起泡酒还是不起泡的酒？

纸质、塑料还是可重复使用的手提袋？

公文包、钱包、邮差包、口袋、背包还是书包？

愿意告诉一个人的秘密：

不愿告诉别人的秘密：

早上起床的原因：

入睡前的最后一个想法：

其他任何事情：

2. 修改提示。

选项 1. 为你的主角写一则个人广告。在广告中，一定要使用角色各个方面的细节。利用剧情或叙事弧线来指导你的广告，包括角色正在寻找的内容（宠物保姆、室友、约会对象等）。完成广告后，从中选择对你的故事重要的细节，从广告中提取出来，然后将其融入故事中。

选项 2. 选择你正在写的叙事作品中的一个主角。重读故事，着眼于你的角色塑造。首先，重新书写已经存在的角色细节，使其更加细腻。接下来，写下新的细节。记住要使你的角色丰满。包括习惯和信念。最后，将这些细节分散在整个故事中，使它们逐渐积累。例如，在故事的开头，展示主角正在进行的一个习惯。在中间，写角色正在如何进行那个习惯，但展示冲突可能会改变角色正在做的事情。如果角色在开始时每天早上都喝脱咖啡因的咖啡，那么在中间冲突加剧的时候，添加一个角色改喝含咖啡因咖啡的细节，就能让读者了解到角色是如何因为冲突而发生变化的。

第7课 视角

作为镜头的视角

为了保持趣味性——正如作为一名作者必须做的那样——让我们从一个由两部分组成的活动开始我们关于视角的课程。

活动第一部分：站在（或想象自己站在）你的屋顶或你所在建筑物的屋顶之上，看向下面的街道。现在从屋顶下来（或者想象自己下来），然后蹲在地上，看向街道。有什么不同吗？

答案在于视角（point of view，简称POV）。在活动的第一部分，除非从屋顶下到地面需要花费很长的时间，否则街上的一切都不会出现太大的变化。那么改变的其实是你看街道的视角。从街道上水平看街道与从屋顶上俯视看街道是不同的。

活动第二部分：想象一个人走在拥挤的人行道上，手里提着一个宠物箱，箱里装着一只宠物猫。想象从这个人的角度看向人行道。他（她）要绕过人群，跨过不平的路面，还要小心避免有障碍物撞到手中的宠物箱。现在，把视角转换为箱内猫的视角：碰撞，嗖嗖，碰撞。不要撞那个路标。哎哟，喵喵，嘶嘶。

就像从屋顶上看东西与从街道水平看东西不同一样，拿着宠物箱的人和箱内的猫看到的东西也不相同。现在，再次转换视角，想象从其他人的角度来看，比如一个站在人行道上的人，一个看着宠物主人艰难前行的人。同样，从旁观者的角度看东西又是不同的。

与创意写作技巧中的其他要素一样，视角是任何类型的作品，包括混合体作品的基本组成部分。例如，看看乔伊·哈乔的散文诗《恩典》的这段节选。

> 像土狼一样，像兔子一样，我们无法抑制自己的恐惧
> 在一个虚假的午夜季节里扮演小丑。我们不得不以笑声吞噬
> 那个小镇，让它像蜜糖般可以轻松下咽。然后在一天
> 早晨当太阳挣扎着破冰而出时，我们的美梦找到了我们

这里的 POV 是第一人称复数，即"我们"。说话者并不是以一个人的身份来讲述，而是以一群人的身份，这群人发现自己在小镇和大学社区中处于边缘化的局外人的地位。想象一下，如果说话者用的是"我"而不是"我们"的视角，这首诗会发生怎样的变化。诗中的"挣扎"细节将保持不变，但是"挣扎"和关于春天早晨的描绘将会集中在一个人的声音上——一个"我"。"我们"的 POV 让诗歌本身以及其中的讲述更为庄严。这里有不止一个声音，有不止一个人有同样的被边缘化和遭受偏见的经历。

阅读作家对 POV 的用法，是为了了解为什么一位作家从某种特定的视角来叙述（在小说和创意非虚构作品中）或讲诉（在诗歌中）故事。像作家一样阅读还要分析从这个角度进行叙述或讲述是如何在作品中起作用的。例如柯比的《杰瑞的螃蟹小屋：一颗星》这篇混合体短篇小说是从加里的 POV 讲述的。有些是只能从他的视角看才能获取的细节。他说明了妻子对杰瑞的螃蟹小屋的评价。他指出，选择一家有这种氛围的餐厅并不是他的"错"。他解释了自己对这个夜晚所寄托的简单但重要的希望。从加里的角度来看，即使是他对员工"对巴尔的摩的'土著'身份非常自豪"的思考也是一个重要的观察，这个观察会随着读者阅读故事的深入而产生多层次的意义。

POV 是读者观看故事的镜头。如果我们通过珍妮特（加里的妻子）

的镜头来看这个故事，会发生什么变化？即使其中有一些相同的细节，包括——令人遗憾的装饰，一个走出家门的夜晚——我们看到的杰瑞的螃蟹小屋和里面的这对夫妇也将与我们通过加里眼睛看到的不同。

叙述者/讲诉者

如果 POV 是镜头，那么研究 POV 的一个重要部分就是思考谁在控制着镜头。每个故事都有一个叙述者。叙述者掌握着镜头。换句话说，叙述者就是讲故事的那个声音。在《杰瑞的螃蟹小屋：一颗星》中，加里自己拿着镜头。我们从他的角度和他的话语中看到了这家餐厅/酒吧里发生的事情。

加里是镜头的引导者。通过加里的眼睛，我们看到了尴尬的一幕在餐吧中发生。我们看到酒保回头看了一眼取餐窗口，并听到了他的回答。我们还可以了解加里的想法——他对酒保的讽刺和无关紧要的看法，他迫切需要安抚珍妮特。加里向我们展示了他在餐吧酝酿的内在冲突和外在冲突。我们听到加里亲自向我们解释了这一切。

叙述者就是掌控着镜头的人，讲故事的声音就从这里发出，这同样适用于诗歌，但只有一个例外：在诗歌中，镜头后面的声音被称为讲诉者，而且讲诉者通常不仅仅是在讲故事。

想想帕克的混合体诗歌《老年人恐吓年轻人的十六种方式》中的这几句：

1. 他们彼此交欢。
2. 他们驾车四处游荡。
3. 他们假装在思考。他们假装没有思考死亡。
4. 潜入海浪（穿越时间）跳水的活力，或冲向爱情的身体飞溅而起的水花。海洋，若非用来游泳，又有何用。

这份列表中所呈现出的观察结果来自讲诉者的视角和声音。注意这个镜头是如何将烦恼与幽默（"性""四处游荡"）结合在一起的，并将濒死的想法与生动游泳的细节（"潜入""冲向""飞溅"）结合起来的。通过阅读列表上的前五个原因，我们意识到自己是在通过一位不属于这首诗里的"老年人"的讲诉者的镜头来进行阅读。

这首诗大部分是以第三人称写的，讲诉者提到"老年人"，经常使用第三人称代词"他们"。但在第五个原因中，讲诉者插入了第一人称。"那些每天早上在海滩上行走——我不知道——像七十九英里①那么远的老人们怎么样？皮肤癌！哟！他们终将死去"。"那些""我不知道"是一种口语化的表达，带有些许讽刺。我们知道讲诉者并不是真的认为那些老人每天走七十九英里。但是，看看"我"这个表达是如何一点点改变镜头的。通过讲诉者，我们得到了这份关于"老年人"的清单，并探索了我们对他们的感受。我们不仅仅是通过匿名列表作者的角度来看待这十六个方式，就像看待大多数"十大"排行榜那样，我们是通过这位特定讲诉者的镜头来审视这些方式的。我们欣赏这种讽刺和幽默，但在其下，有一个特定的人注意到了海滩上的老人。知道这一点改变了一切。如果没有"我"，列表中的最后一项，海滩上的死亡，就不会像现在这样打动我们："只有冬天的三个人在场。一个尸体。"

第一人称、第二人称、第三人称

我们讨论叙述者或讲诉者时，通常会提到第一人称、第二人称或第三人称。第一人称和第三人称叙述者是最为常见的，但也存在第二人称叙述者。这本书中的作品涵盖了这三种。

现在让我们来谈论一些技术性的内容。代词是我们用来指代人、地点或事物的词，不需要给他们取一个名字或赋予他们其他特定的身份：她、他、他们、我们、你、我、它、她的、他的、他们的、我们的、我自己等等。

再次想想《杰瑞的螃蟹小屋：一颗星》中的叙述者加里。加里是如

---

① 1 英里约合 1.61 公里。——译者注

何称呼自己的？叙述者加里称自己为"我"。"我"是第一人称代词，同样也可以把"我"的近亲算进来：我、我的、我自己。使用这些词来指代自己的叙述者或讲诉者始终是第一人称的。在极少数情况下，讲诉者或叙述者会使用复数第一人称代词，如"我们""我们的"等等。散文诗《恩典》中的讲诉者就是这样，其中的叙述就是以第一人称复数来进行的——是"我们"而不是"我"。

第二人称叙述者或讲诉者称自己为"你"，并使用其他第二人称代词，如"你的"。在第二人称叙述中，"你"几乎总是代替"我"。第二人称的叙述者或讲诉者通常依然是从自己的角度进行解释，但作者们选择使用第二人称叙述者或讲诉者，是为了让作品与第一人称作品的表达方式不同。

第三人称叙述者或讲诉者不会提到自己，因为第三人称叙述者或讲诉者不是故事的直接参与者。第三人称叙述者或讲诉者使用角色的名字或任何第三人称代词（她、他、它、他们等）来为角色命名并解释发生在他们身上的事情。

在第三人称叙述中，存在着三种更为具体的视角。"有限的第三人称"是指叙述者或讲诉者紧跟一个角色，并了解该角色的想法和感受。虽然"有限的第三人称"是讨论文学作品时常用的术语，但许多作家使用"有限的第三人称"是因为这种叙述方式提供了对一个角色的近距离观察视角。一个全知的叙述者对作品中的每一个角色都了如指掌，可以说出任何角色（包括次要角色）的想法和感受。客观的叙述者或讲诉者就像它听起来的那样：以客观的方式报告正在发生的事情，不评论任何角色的想法或感受。一般来说，作家使用这种视角的频率不如其他第三人称视角那么高。

在研究叙述者或讲诉者时，像作家一样阅读的方式不仅仅意味着要识别讲述故事或诗歌的声音是第一人称、第二人称还是第三人称，还要考虑不同的视角是如何发挥作用的，以及为什么要采用特定的视角。

第一人称

第一人称叙述者或讲诉者也是角色。通常，他们是主要角色。

再看看《杰瑞的螃蟹小屋：一颗星》中的第一人称叙述者。我们从他在 Yelp 上的评论就知道他的名字叫加里，但他自称为"我"。加里是这个故事的主角。通过他的镜头和声音，我们了解了他的角色发展，以及他所经历的内部冲突和外部冲突。

在这部混合体短篇小说中阅读 POV 时，我们必须注意到"我"这个叙述者对故事的运作起到了至关重要的作用。Yelp 评论是第一人称的。（如果你看过任何其他 POV 的 Yelp 评论，请把它发给我，或在社交媒体上关于它的帖子上标记我！）为了适应 Yelp 的评论形式，叙述者必须是第一人称的。

杰瑞的第一人称叙述也以其他方式使故事发展起来了：

> 珍妮特的肚脐是凸出的。它很可爱，就像她肚子上的一个小尾巴。她讨厌它。就像它是她想要消除的一个效率低下的地方。她也不喜欢我触摸它。她说那"感觉很奇怪"，好像我碰到了一根敏感的线，向她身体中她无法命名的身体部位发射电流，一个隐藏在她子宫和胃之间的秘密之处。和一个有凸出肚脐的人做爱而不碰到它是很难的。而且，因为我知道我不能触摸它，所以有的时候我唯一想的就是去触摸它。

哇，关于珍妮特肚脐的这段话太刺激了。它在几个层面上都令人感到不适。第一，这是一条 Yelp 的评论。阅读某人的性生活——尤其是其中让人感到可悲的细节部分，不是我们所期待的。第二，加里的可悲——他想摸肚脐却不被允许。第三，关于肚脐和性爱的第一人称视角——"有的时候我唯一想的就是去触摸它"。第一人称叙述使这一部分内容变得生动起来了。

还要注意，我们在前几节课中讨论过的要素，例如冲突和角色发展等，是如何通过加里的第一人称叙述以巧妙而深入的方式结合起来的。请记住，第一人称叙述者也是故事中的角色，是必须被充分塑造的人物。请观察作者柯比如何从加里自己的视角出发，巧妙地写出加里的角色发展。阅读加里通过他想象中的珍妮特的眼睛来描述自己的方式，感觉很真实（尽管我们知道自己读的是小说），并使加里成为一个令人同情的角色，同时也向我们展示了更多关于他的信息。当加里列举出他所以为的珍妮特认为重要的品质时，他深化了这种冲突，并从他的角度向我们展示了这里的关键所在：他希望珍妮特会将他的忠诚视为一种重要品质，但又担心她"最不看重"这一点。

想象一下，如果这个故事的段落是从珍妮特的视角写的，会有怎样的变化。也许她根本不会讨论自己的肚脐。也许她会说他们的约会之夜失败了。也许她会说，她被这段经历和永远无法把事情做好的丈夫弄得筋疲力尽，所以她早早地上床休息了——独自一人。我们知道，如果这个故事是从珍妮特的视角来写的，我们就不会把它当作 Yelp 的评论来阅读，因为正如加里所说，"珍妮特不使用像 Yelp 这样的网站"。

在极少数情况下，作家会使用第一人称复数叙述者——我们。复数叙述者是很难运用在写作中的，因为从多个视角进行叙述是困难的。这就是为什么采用第一人称复数为叙述者（以"我们"为叙述者）的作品很少出现。不过我们往往会在短篇作品或较长篇幅作品中的较短章节里找到叙述者"我们"。扎迪·史密斯在《柬埔寨大使馆》中的叙述者"我们"就是后者的一个例子。在史密斯的叙述中，"我们"叙述了作品中的较短篇幅。

当"我们"手握镜头之时，读者能看到什么？这个"我们"又是谁？这两个问题在阅读以第一人称复数为叙述者的作品时都很重要。在《柬埔寨大使馆》中，"我们"是威尔斯登人民。在许多对故事的评论中，叙述者"我们"被比作希腊合唱团——一个评论叙事事件的集体。史密斯很少使用"我们"这个镜头，他所使用的这一视角与近距离第三人称叙述者视角形成了对比，后者解释了法图身上发生的事情以及她面对这些事情的想法和感受。

在《柬埔寨大使馆》中，"我们"的镜头给了读者一个更广阔的视角，一个能够从居住在大使馆周围的居民去理解大使馆背景的视角。因为"我们"是第一人称的一种形式，叙述者可以表达"我们"的想法——"种族灭绝！"。但由于它是集体视角，这种看法显得很遥远。叙述者"我们"不能告诉我们有关法图作为一个被奴役的仆人所进行的斗争，只能告诉我们，威尔斯登人民中的许多人正在为自己的权利而斗争，同时他们也认识到世界上正在发生的许多糟糕的事情，但他们无法采取任何措施来阻止。"威尔斯登人民"是否比法图更能理解柬埔寨妇女的遭遇和处境呢？

带着这些问题，现在想想叙述者"我们"在故事中所发挥的作用。"我们"作为叙述者向我们展示了像法图和柬埔寨女人这样的人——即使生活在一个自由国家的大城市中，仍然难以避免成为人口贩卖的受害者。

转换一下话题，或者说文体——让我们想想诗歌中的第一人称讲诉者。乔伊·哈乔在她的散文诗《恩典》中采用了第一人称复数讲诉者。在本章前面的内容中，我们已经讨论了叙述者"我们"。但在这首诗中，哈乔也熟练地在"我们"和"我"之间转换。我们知道这位讲诉者就是乔伊·哈乔本人，她是北美洲原住民，确切地说她是研究生班级中的一名学生。

"我们无法抑制自己的恐惧"，复数讲诉者"我们"是如何既指代哈乔，又指代她的朋友们的？就像叙述者"我们"一样，讲诉者"我们"代表着一个群体发言，在这个案例中的群体就是包括哈乔在内的这个研究生班级中的北美洲原住民学生们。这种方式，使这首诗不仅仅是关于哈乔自己的个人经历，"我们"改变了利害关系。

这首诗的第三段解释了哈乔和她的朋友的共同经历时，依然采用了"我们"的视角。请注意，当哈乔试图解释她描述的"恩典"时，"我"是如何出现的。在这里，她并没有将"恩典"描述为"我本可以说恩典是一位有时间的女人，或者是一头白色的/水牛从记忆中逃脱了"，归因于"我们"这个视角。这个描述只属于她自己。然后"我们"再次出现，解释了一个集体对春天的理解及体验。在"我"和"我们"之间的转换意味着哈乔在两种不同的第一人称视角之间切换。在这样的过程中，她给讲诉者带来了一种本不存在的层次感。

在"我"和"我们"之间转换也让哈乔能够去区分共同的经历和她作为个体所选择的表达方式。请注意，这让诗歌在字面意义上更为真实。因为讲诉者愿意说出一种只属于她自己的表达方式，那么当她在谈论一个共同经历的时候，我们就会感觉可以相信她。

第二人称

像第一人称一样，第二人称或者说"你"作为叙述者或讲诉者也是角色。在叙事作品中（无论是小说、创意非虚构还是诗歌），第二人称叙述者通常是主角。因此，它们的作者需要充分呈现他们。这也是第二人称叙述者很难被驾驭的原因之一。另一个原因是，在叙事写作中，第二人称"你"的叙述者几乎总是转化为"我"（这也体现了 POV 的复杂性）。"你"究竟怎么样才能转化成"我"呢？

答案可以在海斯的短篇回忆录《你在大学里学到了什么》中找到。想想这句话："你看着穿着内裤的埃德试图把门拉开，然后耸耸肩，回到了脱衣转瓶游戏的圈子里。没人能离开。"这个句子中的"你"并不是一个可以适用于任何人的"你"，有一个特定的人正看着穿着内裤的埃德试图打开门，但没有成功。这个人就是这个真实的故事的叙述者。

在这篇短文中，唐利·海斯写了她自己的一段经历——她在大学玩脱衣转瓶游戏的那一晚。她用代词"你"来讲述自己的故事。这也是小说作家使用的一种技巧，只不过在小说中，叙述者"你"讲述的是叙述者虚构的自己的故事，例如约翰逊的微型小说《阴性结果》。《你在大学里学到了什么》这篇短篇回忆录中的"你"是从唐利·海斯的角度来写的。不过，将 POV 转换为第二人称会改变我们阅读叙事的方式。在《你在大学里学到了什么》中，"你"作为叙述者仍然代表着一个特定的人——有这段经历的叙述"你"的那个人。请注意发生在叙述者"你"身上的冲突和角色发展是如何展开的。我们读到了她脱掉衣服的顺序。我们获取了一个关于她天真以及她意识到自己仍然天真的具体细节。我们看到了冲突：她在游戏中感到不舒服，但门却被死死地"卡住"了。所有这些都来自海斯的视角。在这个故事中，海斯称呼自己为"你"，而不是"我"。

第二人称叙述者拥有了一些距离感。我们几乎可以说叙述者"你"是有距离的第一人称叙述者。只不过在叙事中，"你"是第二人称代词，"有距离的第一人称"一词在叙事中并不存在。尽管如此，距离是存在的，"你"赋予了距离。

当我与海斯讨论关于她文章中的叙述者"你"时，她告诉我："采用第二人称视角几乎可以说是一次实验，只是为了尝试一下……但在某种程度上，这种视角也使得研究这个问题以及讲述这个故事都变得更容易，更不个人化。"唐利·海斯在这里谈到的就是距离。她用"你"的距离来讲述这个故事。找到这种距离可以帮助创意非虚构作家们以一种他们本来可能无法做到的方式来讲述真实的故事。

当然，唐利·海斯也在谈论尝试——像作家一样，尝试各种讲述故事的方法。对于书写回忆录的作家来说，采用第二人称叙事或许是一种相对普遍的实验，但是让第二人称视角发挥作用却不那么常见，也不那么容易。那么为什么第二人称视角能够在《你在大学里学到了什么》中发挥作用呢？

原因之一是脱衣转瓶游戏中，第二人称视角提供了一个不那么个人化的、距离更远的视角。读这篇文章时，"我"没有告诉我们脱了什么衣服，或者"我"是如何感到尴尬且不想继续玩下去的，这样的感觉很好。我们相信这个叙述者"你"会告诉我们那些令人不快的细节，以及通过假装"昏迷"来退出游戏的真相。同样重要的是，我们会相信这个不那么个人化的"你"，会理解她对遗憾的体会——放弃了如果叙述者采取不同的举动可能会导致的其他可能性。

第二人称视角发挥作用的另一种方式——在这篇文章中以及其他文章中——是将读者插入叙事镜头后面。是叙述者在做这些事情，我们知道是叙述者决定加入这场游戏的。但是"你"这个叙述者让我们（阅读这篇文章的人）以一种不同于其他视角叙述的方式参与到这场游戏中。"当游戏让你脱掉鞋子、袜子，最后连 T 恤衫都脱下时，你已经意识到你根本没有喝醉。"你刚刚脱下 T 恤衫。作为一名读者，无论你是否期望，你都会发现自己已经置身于这场脱衣转瓶游戏中（有点像唐利·海斯本人）。

这篇回忆录以第二人称视角讲述了许多大学生有过的经历。（没关系，如果你经历过，不必举手）并不是每个人都玩过脱衣转瓶游戏，但体验喝醉酒的感觉，或是在别人面前脱衣服，或是参加宿舍里的一个小派对，或是在经历过一个尴尬的夜晚之后放弃暗恋并为这场暗恋而感到后悔——这些都是常见的经历。这篇文章中"你"的视角恰是再次提醒我们想起标题所提及的："你在大学里学到了什么。"

还有一种很少见的情况，即"你"这个叙述者或讲诉者会转换为一个普遍意义上的"你"或特指读者的"你"。当这种"你"在叙述或讲诉时，作品可能不是叙事性的。从普遍人群的视角讲诉，或将读者置于讲诉者的视角中，这都是很棘手的，在许多情境下不适用。在非叙事性创意非虚构作品中，第二人称叙述者或讲诉者是非常罕见的，几乎不存在。在诗歌和一些非叙事性创意非虚构作品中，第二人称"你"经常作为文章或诗歌的一部分出现，但很少作为叙述者或讲诉者发挥作用。

一个例子是玛丽·奥利弗的诗《引领》中出现的第二人称"你"，它并不是来自叙述者或讲诉者的视角。它的开头如下：

这里有个故事

会让你心碎。

你愿意听吗？

在这首诗中，讲诉者不是"你"。讲诉者是在对"你"说话。而

"你"指的是我们——读者。作为读者，我们的耳朵应该向潜鸟和整个自然世界敞开。但讲诉者的视角不是"你"。讲诉者已经知道这首诗中所讲述的故事。讲诉者已经看到了这些潜鸟，并为它们感到悲痛。

完全以第二人称视角讲诉的诗歌并不多见。你——即阅读这本书的你，可以通过在诗歌基金会的网站上搜索或在搜索栏中键入"第二人称视角"来找到一些例子。

第三人称

第三人称视角可以分为三种，在每种方式中，叙述者或讲诉者都在故事或诗歌之外。第三人称叙述者或讲诉者不会成为叙事中的角色，但可以从角色的角度告诉读者正在发生的事情。

是"可以"还是"会"？这是一个重要的问题。而另一个重要的问题是，从哪个角色的视角来看？这带来三种视角类型。请记住，第三人称叙事包括三种视角类型：

1. 有限/近距离/第三人称。

2. 全知第三人称。

3. 客观第三人称。

在我们早期接受的教育中，我们有时会学习到叙述者是否全知。这倒也没错，但当我们开始像作家那样思考、阅读和写作时，第三人称视角之间的差异会变得更加微妙。

他们之间的一个重要区别就是亲近度和距离。为了比较它们，让我们回顾一下在第 1 课中提供的开场白中的示例。让我们将其当作小说来研究，并改为第三人称。

"卡拉六岁时，用一把她不知道怎么用的枪杀了她的妹妹。"阅读这句话时，我们可以说视角是有限/近距离第三人称视角或者全知第三人称视角，因为我们知道角色不知如何开枪。如果再加几个句子，我们就可以做出明确的区分。

　　卡拉六岁时，用一把她不知道怎么用的枪杀了她的妹妹。卡拉不记得这件事，只记得有一天她的妹妹本来在那里，第二天她妹妹就不在了。有时候，卡拉觉得她的母亲从未忘记过，尽管已经过去了十年，尽管卡拉自从妹妹不在之后一直在努力弥补自己成为唯一的孩子的不足。有时卡拉看到，母亲注视着她，可脸上的表情会让卡拉觉得很不对劲。

现在我们确信这里有一个有限第三人称，或者说近距离第三人称。尽管叙述者告诉了我们有关卡拉的母亲可能在想什么的信息，但所有这些信息都是通过卡拉的眼睛呈现的。

现在，来看看这个版本：

卡拉六岁时，用一把她不知道怎么用的枪杀了她的妹妹。卡拉不记得这件事，只记得有一天她的妹妹本来在那里，第二天她妹妹就不在了。十年过去了，但卡拉的母亲始终记得那天。她的母亲努力控制自己不在她剩下的孩子面前回忆起这件事，但有时，她会忍不住。

现在我们有了全知的第三人称。叙述者知道卡拉和她母亲在想什么，我们也可以从卡拉和她母亲的角度看到这些。

现在，再来看看最后一个版本：

卡拉六岁时，用一把她不知道怎么用的枪杀了她的妹妹。十年后，卡拉成了独生女。有时候，卡拉的母亲会看着她。

现在我们有了一个客观的第三人称。叙述者报告了故事的情况——只有事实。请注意，这里缺乏对卡拉或她母亲想法的说明。作为读者，我们只能自己思考角色是如何应对过去的。

改变第三人称叙述者的视角不仅涉及叙述者知道多少的问题，改变视角也涉及改变距离的问题。注意前两个例子中叙述者的距离有多近，第三个例子中叙述者的距离有多远。请注意，与叙述者只知道卡拉在想什么相比，叙述者同时知道两个角色在想什么（在第二个例子中），会让人感觉叙事者距离卡拉不那么近。

　　许多作家将有限第三人称为近距离第三人称，因为当叙述者与一个角色所有的内心活动同频时，我们会感觉叙述者与这个角色非常近。即使在上面的简短例子中，我们也可以看到叙述的每个部分都是通过卡拉的镜头呈现——包括她的母亲可能在想什么。近距离第三人称的另一个特点是，叙述者不知道其他角色的想法。因此，近距离第三人称和第一人称一样具有局限性。

　　在全知第三人称的例子中，叙述者知道两个角色的想法。这是一个近距离视角，但是它与所有角色都是近距离的。故事中的事件可以从任何一个角色的镜头来看。不过，作者应用这些镜头的方式也各不相同。在故事的任何特定时刻，作者可能会也可能不会从特定角色的视角来写作。

　　在客观第三人称中，叙述者与故事的距离非常遥远，以至于叙述者不需要做更多的事情，只需要报告或进行记录。在客观第三人称中，故事通常会因为这样的距离而变得完整且成功。

研究不同类型作品中的第三人称视角

　　在所有视角中，我们倾向于认为第三人称几乎只适用于小说。但我们也可以在诗歌、创意非虚构作品中找到第三人称视角。为了使我们的讨论更全面，我们将研究每种类型作品中采用第三人称视角的例子。在研究每种类型作品中的第三人称视角时，我们还将分析三种不同类型作品的第三人称视角：近距离/有限视角、全知视角和客观视角。让我们从小说开始。扎迪·史密斯的小说《柬埔寨大使馆》，其中大部分运用了近距离第三人称视角，如下面这段：

　　　　但是，当法图再次看到这位柬埔寨妇女提着的包时，她想：这些包实际上是否非常旧，是外观发生改变了吗？她越看越觉得，这些包里装的并不是食物，而是衣服或其他东西，每个袋子的轮廓都有点过于圆润光滑了。也许她只是在倒垃圾。法图站在公共汽车站看着，直到这位柬埔寨妇女走到拐角处，穿过街道，向左转走向公路。与此同时，在大使馆里，羽毛球比赛仍在继续，不过由于风向的原因，现在打得更加费力了。有一段时间，法图甚至觉得下一个高球会向南飘去，然后羽毛球会越过墙壁，轻轻地落在自己手中。然而，另一名球员凭借其凶狠且可靠的球技（法图早就断定两名球员都为男性），在羽毛球开始漂移时接住了球，并将其送回对手手中——这又是一次致命的向下扣杀。

为了研究这篇文章中的近距离第三人称视角，首先需要回答一个问题：除了直接发生在法图身上的事情之外，还发生了什么？从大使馆出发，这位柬埔寨妇女提着包走向拐角。而大使馆里的男人们继续打着羽毛球。现在重新阅读这段文字，看看这些事情是如何通过法图的眼睛展示出来的。

法图看着女人拿着购物包离开，法图还看到了羽毛球。法图也开始对女人的购物包产生了好奇。叙述者距离法图如此之近，以至于我们看到法图注意到并开始思考的东西，首先她想知道这些袋子是否"非常旧"，然后问自己其"外观发生改变了吗？"。随着法图不断针对这位柬埔寨妇女思索，她恍然大悟。作为读者，我们可以推测这位女性的处境可能与法图相似。不过，法图在意识到这一点的边缘转身离开，而我们则跟随着她的视角。"也许她只是在倒垃圾。"在这里，近距离第三人称加大了砝码。在这一部分中，我们无法超越法图所看到的，而她也无法在这个女人身上看到自己。

与此同时，法图的第三人称视角提醒我们，人口贩卖的受害者是多么孤立无援。请记住，在叙事的这个阶段，法图已经开始怀疑自己是不是一名奴隶。法图无法认出柬埔寨妇女是和自己一样的受害者。这名柬埔寨妇女甚至没有看到法图——或者可能她看到了，法图却并不知情。法图所看到的是羽毛球，在大使馆大门后继续进行着的游戏。随着砝码的累加，我们从法图的视角，从她无法通过的大门后面看到了这场比赛。

在阅读小说时，这些都是对作品中采用的近距离第三人称的重要观察。面对创意非虚构作品或诗歌，我们也会以同样的方式研究其近距离第三人称的使用方式。有两本在线文学期刊都有除小说之外较为引人注目的第三人称视角作品，这两本杂志分别是发表创意非虚构作品的杂志《短暂》和发表诗歌类作品的杂志《飘升之物》（Plume）。[请阅读克瓦梅·道斯（Kwame Dawes）在《飘升之物》上发表的作品《边缘的尸体》（Bodies on the Margins）和在《短暂》上发表的作品《印记》（Imprint）。你不会后悔的。]

在普尔尼玛·拉克梅斯什瓦尔的散文诗《制图》中有一个全知第三人称叙述者。在阅读的时候，请思考进入诗歌的不同视角：

> 他们的八周年纪念日即将到来，就像一块芝士比萨一样。只不过每年的 2 月 26 日它都会如约而至，无论他们是否期待。今年，他们谈到了还未曾探索的欧洲。

全知第三人称是复数——"无论他们是否期待"。这对夫妇开始讨论一起去进行欧洲之旅。然而，在接下来的段落中，第三人称全知视角转到了她和他。当我们读到他们各自对欧洲之行的设想时，可以发现她和他想要的东西是不同的。全知的第三人称变为单数形式，因为诗歌中的两个人开始分离。

就像第一人称复数视角一样，第三人称复数视角对于作家而言同样是一个难以驾驭的视角。拉克梅斯什瓦尔把复数视角——"他们"——和诗歌中"她"和"他"的个人视角穿插使用，很好地完成了这篇诗歌。她的愿望与他的相冲突。他的愿望也与她的相冲突。由于叙述者是全知的，我们可以从两个视角来观察。镜头揭示了他们两人（一起和独自）在彼此产生分歧时发生的事情，这增强了情感上的冲击力："他们各自沉醉在自己的梦里"。

比库莱格以客观的第三人称叙述了她的混合体创意非虚构作品《剪

报》的一部分内容。在"网格"部分的 A 段采用了客观第三人称视角：

2. 网格

A.

波鲁公园是布鲁克林大区内的一个社区，也是美国最大的犹太人聚居地之一。社区的中心位于第 11 大道和第 18 大道以及第 40 街和第 60 街之间。莱比在第 18 大道遇见了阿伦。这个男孩原本应该在第 13 大道和第 50 街的拐角处与他的母亲见面。

在 A 段，比库莱格记录下了事实。从第一部分中，我们知道莱比是在寻找母亲的路上，遇到阿伦之后被谋杀的。了解到这些情况后，"网格"部分的内容令人悲痛。客观第三人称视角增加了这种悲痛感。比库莱格对这一信息的记录，就像新闻记者报道谋杀案一样，包括这个孩子的谋杀案。比库莱格没有告诉我们她如何看待这件事，新闻记者也没有。客观第三人称视角模仿了新闻报道的冷漠感，发展成了这篇文章的中心主题之一，并提醒我们所有人以远距离的方式去接收暴力新闻。

在这里，不告诉我们如何去感受，对于这篇文章来说很有必要，因为在阅读中（就像在生活中的其他方面一样）没有人喜欢被告知该如何去感受。比库莱格没有告诉我们如何去感受，而是将 A 段中客观第三人称与 B 段中的第一人称并置。在 B 段中，比库莱格是第一人称叙述者，作为一个角色沉浸在故事中。这个角色向读者展示了她听到新闻上关于莱比谋杀案"准确而冷漠"的报道后的感受，当时她正在驾车去机场，去往曼哈顿的路上。

当叙述者也是作者：创意非虚构作品中视角的特殊性与复杂性

创意非虚构写作中叙事视角的一个复杂之处在于，作者在叙述者的背后。当我们阅读创意非虚构作品时，我们知道自己所阅读的这些文字是真实的。通过作者的视角，我们看到了真实的事件。当创意非虚构作品以第一人称或第二人称来书写，叙述者自称为"我"或"你"时，作者已经把"我"或"你"塑造成了书页中的一个角色。当创意非虚构作品采用第三人称来写作时，作者通常描述的是发生在别人身上的事件。不过也有一些有创意的非虚构作者会选择用第三人称来讲述他们自己的经历。在阅读创意非虚构作品的视角时，请记住，创意非虚构作者在选择视角时，与其他类型的作家一样。

无论视角是什么，或选择这一视角的原因是什么，当我们在阅读创意非虚构作品时，我们都应该知道作者是镜头的一部分。在李昌瑞的《海胆》中，作者承认，他不"确定"海胆的味道，但他继续给出了我们通常不会与味道联系在一起的细节。我们相信他不是在编造故事，而是给了我们他所能给出的东西。他给出了一个清晰而不寻常的主观体验，描述当时海胆在他嘴里时他的感受。

在接下来的段落也是这篇文章的最后一段，请注意视角所发生的变化。李昌瑞仍然采用了第一人称进行叙述，但在最后一句中，叙述者的镜头包含了反思。在这句话的结尾，叙述者意识到他在等待第二次品尝海胆时未曾意识到的事情。这个"我"的叙述者是一个还不到十五岁的青少年。在那个年纪，在等待另一份海胆的那一刻，他不可能理解回首往事的叙述者李昌瑞对这段经历的认识——"还不知道为什么"。

当镜头包含真实图像时：图像叙事和摄影随笔中的视角

我们已经知道，阅读混合体作品需要以混合的方式思考。在第 2 课中，我们讨论了在图像和摄影创意写作中文本和图像阅读的重要性。这同样适用于图像和摄影创意写作中的视角阅读。本书提到的索菲·亚诺的《矛盾》和兰迪·沃德的《赫斯图尔：摄影随笔》都采用了第一人称视角。这意味着（当然），这两部作品都有"我"作为叙述者。不过，这些图像为镜头添加了另一层滤镜。

看看这段摘录自《赫斯图尔：摄影随笔》的节选。这个节选包括文字介绍的最后一段、其中的一张照片和照片说明。

不可避免地，我也成为赫斯图尔村动荡的社会潮流的主题。作为一名新来岛上的人，岛上最年轻的居民，一位独立就业的单身女性，而且还是一位外国人，我的生活充满了解读的空间；没过多久，我的日常和社交活动就受到了各种各样的审视。然而，正是这种强烈的亲近感和孤独感的复杂配置，使我在赫斯图尔的时光，在法罗群岛度过的最后 6 个月，变得格外生动。我体验并见识到了令人难以置信的生活和人性，并经常参与其中，几乎到了难以承受的地步。无论我是在羊圈里帮忙，还是在晒新割的干草，或是和约尔莱夫进行着一场多彩的对话，教约蒙德如何使用电子邮件，抑或是借埃伯的晾衣绳用一个下午，也许我最温柔的团结行为就是在晚上打开厨房的灯，让人们看到我还在那里。

羊毛是法罗群岛的黄金

赫斯图尔岛大约有 580 只羊在吃草。早在渔业出现之前，羊毛制品就是法罗群岛经济的主要支柱之一。然而，羊毛不再被认为是"法罗群岛的黄金"；它的市场价值非常低，以至于人们通常会将其烧掉而不是出售或加工成纱线。

在文字介绍中，沃德的"我"作为叙述者解释了她在赫斯图尔的存在，但这些照片并不是关于她的。我们知道沃德实际上是在镜头的后面。虽然她在照相机后面，但她并不是照片的一部分。所有的构图都不包含她。"我"作为叙述者通过向读者展示镜头后面的人，使摄影随笔更加个人化。不过，请注意，一旦照片登场，视角就发生了变化。尽管沃德的眼睛参与了拍摄，但她的"我"并不在照片之中。

同时，请注意照片说明中的叙述采用了客观第三人称视角。在摄影随笔的这一部分，沃德是一名观察者，她拍摄照片，解释事实。与比库莱格类似，沃德也采用了将第一人称和全知第三人称并置的方式来进行叙述。照片介于两者之间。但这些内容都将奇特又温情的个人化介绍，与沃德希望她的读者所了解的这个古老、孤立的岛屿及其日益减少的人口和牧羊文化的事实联系起来。只有通过阅读这篇摄影随笔（文字介绍、照片、照片说明）中的视角的不同，我们才能理解沃德在这些篇幅中所付出的努力以及达成的效果。

索菲·亚诺的图像小说《矛盾》采用了第一人称视角。在这部图像小说的字幕和叙事块（或画外音）中，索菲创造了一个第一人称叙述者。索菲通过画外音告诉读者："我不知所措地走到留学办公室，想要询问是否有不要求语言成绩的课程。"在这段节选中，作为叙述者的"我"回忆起了她决定出国留学时的艰难处境。

通过阅读一页的图像和文字，我们看到索菲走进了一家艺术博物馆，穿过走廊，然后坐下来写生。索菲的对话"一位学生，劳驾"和拟声词音效"快速扯开，拉出，扑通坐下"，与图像中的画面相匹配。我们能听到索菲发出的声音和她说的话。

就像照片在摄影随笔中添加了另一层视角一样，绘画也在图像叙事中增加了一层视角。我们并不是完全透过索菲的眼睛观看，而像是她拿着相机，我们透过她的镜头来看。我们看到索菲被描绘成一个人物——一个在巴黎留学期间过着索菲的生活的人物。

　　值得注意的是，该页面第一排的漫画包含黑色的边框，而到了第二排，由左至右，从边框变为了开放面板，第三排则全部为开放面板（请记住，开放面板是指没有一条或多条边框线的面板）。开放面板使我们更接近索菲这个人物，不是吗？开放面板邀请我们加入视角之中。我们可以将这样的方式描述为文字中的第一人称视角与图像中的第三人称视角的相遇。无论我们用什么词来描述视角，阅读图像叙事中的视角的重点是，注意文字和图像是如何共同形成的或进行视角转变的。

讨论问题和写作提示

讨论问题：关注视角

　　1. 找一篇网络媒体上的文章，分析这篇文章采用的视角，并解释为什么为这篇文章选择了特定的视角。作者采用的每一个视角是为了达到什么样的目的？

　　2. 找一篇用第二人称写作的故事，并解释为什么作者会采用第二人称写这个故事。如果采用第一人称或第三人称叙述者，将如何改变这个故事？

　　3. 想象一下，一篇以第一人称讲述的故事若改用第三人称来进行叙述，故事会发生怎样的变化？它会同样引人入胜吗？主要的冲突是否依然是视角改变之前的？

写作提示：关注视角

　　1. 创作提示。

　　选择一个你以前没有（或较少）采用的视角。从这个视角出发，起草一个故事、散文、诗歌、图像叙事或摄影随笔的开头。

　　2. 修改提示。

　　拿出一篇你已经完成的文章。注意其中的视角。现在用不同的视角重写作品，或者添加一个带有不同视角的叙事层，将不同的视角带入作品之中。当然，你也可以使用在创作提示阶段开始写的那篇作品。

第8课 设定

首先思考一下写作经常涉及的两个问题：事情在哪里发生的？什么时候发生的？

在创意写作中，关于"设定"的学习，可以帮助我们回答这些问题。

故事、诗歌或散文所写内容的发生地（科罗拉多州立大学的宿舍、伦敦、月球）和发生时间（现在、1752年、遥远的未来）是写作的基本组成部分。例如，思考一下小说和叙事性创意非虚构作品中的这些设定。所谓设定，是写作中的一个重要方面，会影响叙事的其他元素，如人物的变化和发展。例如，将一个故事设定在一个特定的历史时期，意味着人物会具有一些与现在的故事不同的习惯。在诗歌作品的设定中也会存在类似的情况。将一首诗设置在一个特定的地点会影响到诗的内容。

地点和时间，乍看之下似乎都是非常简单的概念。但是，具体的阅读过程中，仍旧有很多地方值得我们用心思考。当我们通过阅读来研究作品中的设定，以及分析作家在作品里构建设定的方式时，我们需要更仔细地观察设定的地点和时间。

地点

地点一般是指具体的地理位置。这篇故事、诗歌或散文所描述的内容发生在地球上的某个地方，或者宇宙的某个角落，或者空间之外的虚构之地吗？这是我们需要思考的。地点，它不是某个抽象的地方，而是一个所指明确而具体的地方。例如，李昌瑞的文章《海胆》设定的背景是韩国首尔。作家可以从李昌瑞在这篇叙事散文中的设置方式学习。《海胆》的第一段描述了环境的许多关键细节。它超越了对具体地点的命名，即韩国首尔，涵盖了地点的其他重要方面。

就环境而言，一个地方的某些物理特质也是不可忽略的：地理、地形、建筑、地标、布局。这些元素有助于使一个地方成为具有立体感和真实性的空间，而且往往会影响整个故事，或者说影响作家对故事的讲述方式。在《海胆》中，李昌瑞详细地描述了他"祖父的老街区"的小房子，以及"靠近市中心的宽阔街道"。在这样做的时候，作者成功地把读者带入了他构建的世界，与他一起置身作品中，向我们展示了他 1980 年再次回国后看到的韩国首尔是什么样子。

环境

在环境设定中，我们需要搞清楚它具体是"哪里"。这个地方的一部分需要包括物理环境、气候、天气、空气、风景、城市景观。在李昌瑞的文章中，具体的环境是什么呢？现在是首尔的夏天，这个城市正在经历一场热浪。正如李昌瑞所写的，"在高温下，一切都散发着发酵、腐烂和恶臭的气味"。这座城市里的天气、温度和气味也成为环境的一部分。

描述占据这个地方的人物的生活是什么样的，是设定的另一个重要部分。这需要作家思考，当时的社会和政治情况是什么样的？人们在做什么？正在发生哪些历史事件或重要的事件？在《海胆》中，在一场"大屠杀"之后，"有学生示威"，空气中弥漫着"催泪瓦斯"。在这些句子中，作者让我们了解到当时韩国首尔人民的生活的基本情况，以及那些生活在那里的人和那些来访的人的细节。

时间

就像我们在谈论故事的环境时讲到的，地点涉及许多复杂的因素，作品中的时间也是如此。时间是指故事发生的时间，比如一件事情是在历史上的什么时候、日历上的什么时间发生的。还包括与事件和人物有关的时间，例如，具体的年份、季节、月份。但是，时间的含义也不止于此。《海胆》的第一段向我们透露了关于时间方面的信息：日历上的年份是 1980 年。但这一年的情况不止如此。这是 12 年来，李昌瑞的家人第一次回到首尔。因此，我们也可以从对叙事中的人物的特别意味的角度来了解这一年。时间已经过去了，不是作为故事的一部分，而是在故事开始之前，这些过去的年份改变了这个家庭体验首尔的方式。

在设定方面，我们要考虑故事发生在哪一年、哪一周、哪一天。例如，在《海胆》的第一段中，作者告诉我们这个故事发生在日历上的时间：7 月。虽然月份是地方的一部分，因为它表示季节，但它也是时间的一部分——一年中的时间。

故事中时间的流逝也是环境设定的一部分，无论流逝的时间是几分钟还是几年，时间流逝的事实都很重要。时间的流逝往往是冲突和情节以及人物变化方式的一部分。在《海胆》的最后一段，一个星期已经过去了，通过指出环境设定中的这一变化，作者让我们知道，时间的推移足以让人物发生一些变化。在这种情况下，叙述者在吃了海胆之后，已经从病痛中恢复过来。在这个叙述的世界里，一个星期的时间足以让叙述者意识到他想再去寻找更多的东西。

构建环境

不过，地点和时间虽然是重要的，但它也只是作家在研究背景设定时的部分内容。比故事发生的时间和地点更重要的是作家向读者传达有关环境细节的方式。

在继续讨论这个问题之前，我们稍微注意一下《海胆》这篇作品的类型。之前说过，这是一篇创意非虚构作品。我之所以提到这一点，是因为人们很容易认为设定只属于小说的一部分，但小说和创意非虚构作品的作者都在努力探究作品中的世界设定。请记住，环境往往也是诗歌的一部分，通过阅读研究环境的诗人学会了将关于地点和时间的引人注目的细节带入自己的作品。乔伊·哈乔的散文诗《恩典》就是一个包含环境细节的诗的例子。阅读《恩典》的第一段。

> 我想起了风和她那放纵的行径——那一年我们一无所有
> 却在狐狸的诅咒之地失去了一切。我们仍旧谈论起了
> 那个冬天，寒冷如何将虚幻的野牛冻结
> 在雪堆的地平线上。饿殍和长着残肢的幽灵之声
> 破坏了栅栏，粉碎了我们温暖的梦想，我们再也无法
> 忍受一次。于是我们再一次在固执的记忆中遗失了一个冬天，
> 穿越破旧公寓的墙壁，滑过幽灵出没的田野，进入
> 一个从未接纳我们的小镇，进行着漫长而艰难的寻找恩典之旅。

注意设置的细节："狐狸的诅咒之地""冬天""寒冷如何将虚幻的野牛冻结/在雪堆的地平线上""破旧公寓的墙壁"。

不管是什么类型的作品，环境设定都可以为一篇创作增加深度、细微差别和趣味。环境也会成为写作的一部分（而不是为了解释地点和时间就随意加入）。在阅读环境设定时，要研究作者如何构建环境，以及这种构建给作品带来了什么。

当然，构建环境意味着作家需要向读者提供关于地点和时间的所有必要信息，就像《海胆》那样。好的作家，如李昌瑞，能够以令人信服的方式提供这些信息，这也成为叙事的一个有意义的部分。

我们也可以用另一种方式来思考作家在构建环境时做了什么：

> 他们提供具体的地点细节。
>
> 他们提供具体的、实际的细节。
>
> 他们解释重要信息。
>
> 他们展示人物占据的空间。
>
> 他们表明时间，流逝的时间和时间的流逝。
>
> 他们以有趣的方式完成这一切。
>
> 他们使环境成为故事的一部分。

在《海胆》的关键段落，李昌瑞所做的不仅仅是向我们展示地点和时间。作者把我们拉进了环境中，他通过列表中概述的方式构建环境（提供地点细节和物理细节，解释重要信息，在这个空间中展示人物，指出时间，并使所有这些内容都引人入胜）。让我们再来看看李昌瑞的环境构建，这次是研究他是如何做到这些的。

李昌瑞在很小的空间里完成了大量的设定。通常，他只用一两句话就可以构建不止一个部分的背景："1980 年 7 月。我即将满 15 岁，我们一家人来到了首尔，这是我们在 12 年前离开后第一次回来。"当解释他们在哪里时，李昌瑞向我们展示了这个家庭如何访问首尔——离开后的第一次。

现在请注意，在一篇文章中，李昌瑞向他的读者展示了首尔的三个不同地点：他的"祖父的老房子""市中心""梨泰院"。通过城市的每一个细节，作者带我们进一步深入首尔。我们了解了这个地方，看到了李昌瑞和他的家人以及这个城市其他居民的生活。作者还展示了人物如何在这些地方占据空间。他写到了人物在高温下的表现，以及他们的气味。"妹妹在惊人的高温下异常安静。我们都是。这是我第一次注意到自己的臭味。你无法避免闻起来像周围的一切。在高温下，一切都散发着发酵、腐烂和恶臭的气味。"而在他"祖父的老房子附近"，李昌瑞和他的堂兄也谈到了这种环境的"屎"味。在这里，作者用对话来构建环境。

在这段之后，在描述"市中心附近的宽阔街道"发生的事件时，李昌瑞写到了催泪瓦斯，包括当地人对它的称呼和他自己对它的反应："每当我们乘坐出租车经过那里时，我都会打开窗户，伸出舌头，试图品尝这种毒气，这种驱赶人的毒剂。"

后来，在梨泰院，作者将读者带入一个更加具体的环境，即他品尝海胆的地方。"基本上，这可以被视为一个帐篷餐馆，有一个长条形的吧台，旁边摆着凳子。另一边一个野营炉和鱼缸放置在店主身后，老板是一个声音低沉且沙哑的老妇人。屋顶是一片蓝色的塑料篷布。"在这两句话中，作者让我们置身其中。他没有给出这个机构的每一个细节，只有重要的细节——那些把读者带入其中的细节。

接下来的句子显示了人物如何在这个空间里生活和活动："父亲看起来很兴奋，像是回到了从前。他想要吃生鱼片，但妈妈摇了摇头。我知道原因：在塑料桶里，血迹斑斑的冰块上放着半死不活的蛤蜊、鲍鱼、鳗鱼、海螺、海参和虾。"

在接下来的一句话中，作者再次使用对话来帮助构建环境，因为他的母亲告诉他的父亲要点什么样的海鲜："'点些油炸的吧，'她告诉他，不在乎那个老妇人会怎么想，'点些煮熟的。'"注意这个微妙的环境细节。这是一个可以选择不煮熟的东西的地方。

当然，这里的对话也是冲突的一部分——作者是否应该吃海胆。这就是李昌瑞对环境的构建如此有效的原因之一。在李昌瑞创造环境的同时，他也把环境编织到故事的其余部分。环境成为叙事弧线、角色发展、中心主题的一部分。

当李昌瑞描写时间——时间的流逝对人物意味着什么，以及故事中已经过去了多少时间——他不仅是在写时间，而且是在写叙事的一部分。一开始，给出时间的细节时，作者解释了他的家人离开了多久，并告诉我们他的父母对这些变化的反应——"这世界怎么了？"。当叙事接近结局时，作者再次解释时间，指出已经过去的一周和尚未过去的热浪，作者也将作品带到了结局："但一周之后我好多了，我独自一人回到了那个地方。女人在那里，海胆也在那里，在烈日下闪闪发光。"在这里，时间的流逝是结局的一部分。

设置也触及了品尝的中心主题。注意所有关于食物或味道的设置细节。"街道就像一个连续的户外自助餐厅，有炖螃蟹、冷面、红豆刨冰。"在描述城市街道时，作者列出了一些可以找到的食物。即使催泪瓦斯也是"辣的"。

随着叙事弧线的上升，作者想品尝一切，而他想品尝的一些东西是背景的一部分，即街道上的催泪瓦斯。还记得吗，我们在第 6 课中讨论了李昌瑞想品尝催泪瓦斯是其性格发展的一部分。催泪瓦斯是环境的一个重要细节，但它也是故事的一个重要部分。

以地点和环境为基础的作品

在一些原创性的作品中，特别是基于地点的文学和一些环境文学中，环境常常成为情节的一部分，或者几乎作为一种角色发挥作用。"基于地点的文学"和"环境文学"是两个相当宽泛的术语，指的是在写作中地点发挥了重要作用，以及涉及环境和环境中所发生的事情的文学。基于地点的文学和环境文学可以在任何类型的作品中找到。兰迪·沃德的《赫斯图尔：摄影随笔》是基于地点的文学，玛丽·奥利弗的《引领》是环境文学。

请看以下《赫斯图尔：摄影随笔》的节选，包括一段文字介绍和两张照片及说明。注意地点。

文字介绍摘录

赫斯图尔，字面意思是"马"，在苏格兰西北偏北部，是位于大西洋北部冰岛和挪威之间的 18 个被风暴席卷的岛屿之一。这里有着自己独特的语言、文化、议会和旗帜。行政中心托尔斯港及其市政府辖区内的周边村庄，是群岛总人口 52 000 人中近 20 000 人的家园。2005 年，赫斯图尔的 20 名居民加入了托尔斯港市政府，但该村本身的人口仍在减少。那些留下来的人，其中大多数已经达到或远远超过退休年龄。他们既要从事农业、渔业生产，又要在公共部门兼职，为岛上居民提供服务。

尽管许多人将赫斯图尔称为"垂死的村庄"，但我目睹了这里的传统、各种善良的行为和内敛的奉献精神，它们支撑着这个社区的基础设施和士气。这些感人的事迹在家庭或个人之间微妙的紧张关系面前显得更加难能可贵，这些紧张关系是几代人积累下来的怨恨，偶尔威胁着村庄微妙的平衡。

羊毛是法罗群岛的黄金

赫斯图尔岛大约有 580 只羊在吃草。早在渔业出现之前，羊毛制品就是法罗群岛经济的主要支柱之一。然而，羊毛不再被认为是"法罗群岛的黄金"；它的市场价值非常低，以至于人们通常会将其烧掉而不是出售或加工成纱线。

约尔莱夫 & 约蒙德

约尔莱夫·波尔森和约蒙德·扎卡里亚森在赫斯图尔村一起长大，一直是朋友和邻居。约尔莱夫曾在村里当了 37 年邮递员。约尔莱夫退休后不久，约蒙德接替了这个职位，同时担任赫斯图尔教堂的管风琴师。

就像这篇摄影随笔的其他部分一样，这些摘录的段落、照片和标题都在细节层面表现这个地方。这篇摄影随笔是关于这个地方的，虽然赫斯图尔肯定是背景，但赫斯图尔几乎成了一个角色——一个我们最终为之奔走的角色，尽管如沃德所写，许多人给赫斯图尔贴上了"垂死的村庄"的标签。赫斯图尔是这篇摄影随笔中一个活生生的、呼吸着的地方，这里养着许多羊。这个村庄在整篇文章中都让人印象深刻。到最后，我们对赫斯图尔的了解就像我们希望了解的任何一个角色一样深入。我们知道它的现状，我们知道它的特点，我们也知道它的挣扎。

请再仔细看，这些照片是如何深入地呈现这个地方的，即使人或羊作为画面的主要主体出现。在《羊毛是法罗群岛的黄金》这幅照片中，我们看到羊群在石栏里，但我们看到它们在赫斯图尔所处的风吹草动的岛屿的背景下。在《约尔莱夫 & 约蒙德》的照片中，这两位老朋友正在眺望风景——我们在照片中可以看到的风景。在《赫斯图尔：摄影随笔》中，沃德并没有将地方与那里的人或动物分开。事实上，她向我们展示了人和羊是这个地方的一部分，而这个地方也是他们的一部分。

图像小说和摄影随笔中的设定

在图像小说和摄影随笔中阅读背景设定，与在其他创意作品中阅读背景设定一样重要。当然，不同的是，我们也要从视觉上阅读环境。实际上，当我们观察赫斯图尔的图像在《赫斯图尔：摄影随笔》中是多么必不可少的时候，我们其实已经讨论过这个问题了。甚至不用先讨论它，当你阅读照片以了解赫斯图尔本身如何融入其中时，你在阅读中就可以体会到沃德通过照片展示的那个环境。

阅读图文并茂的作品也可以用类似的方式进行。在索菲·亚诺的图像小说《矛盾》中，我们几乎完全通过图像看到了环境设定。巴黎，正如索菲所经历的那样，它是被以视觉的形式加以描绘的。在这里，作者使用了一整页图来展示索菲这个人物在环境中的形象。在这个页面大小的面板上，我们从作者所绘制的物体中看到了环境——建筑物、人行道和街道。但请注意，在文字中，环境的细节是多么少："这里没有人笑""我需要买几件黑色的衣服"。这两个句子都增加了一点关于环境的重要信息——比我们在图像中看到的多一点。另外也要注意，作者没有使用思想气球来表达索菲的内心独白。相反，她把文字引向城市本身的图像之中。文字中关于环境的细节实际上成为视觉环境的一部分。

我们已经反复讨论过这样一个概念：阅读图像小说和摄影随笔意味着将图像和文本作为一个整体的两个部分来阅读。对环境的阅读也是如此。场景会在图像和文字中显示出来。即使设定在其中一个中比在另一个中表现得更为突出，就像在索菲·亚诺的小说中一样，将文字和图像放在一起阅读，就会发现设定成为构成故事的一个重要部分的方式。

讨论问题和写作提示

讨论问题：关注设定

1. 阅读一篇关于食物的非虚构作品，想一想作者在向读者介绍相关地点时提供了哪些感官体验（嗅觉、味觉、听觉、视觉、触觉）？哪个人物有这些感官体验？为什么这些感官细节在作者的环境构建中很重要？

2. 阅读兰迪·沃德的《赫斯图尔：摄影随笔》（见本书附录）。沃德将哪些环境细节放在文本中，而哪些环境细节是沃德通过相机镜头展示的？为什么沃德将读者的注意力吸引到这些环境细节上？是否有任何细节从文本到照片是重叠的？

写作提示：关注设定

1. 创作提示。

考虑一个你认为有吸引力的环境。写三个句子来描述这个环境。现在写三个句子来描述近距离的环境（例如，如果环境是一条城市的街道，重点描述沥青的裂缝或水沟的气味）。现在从远处写三个句子（例如，描述街道外发生的事情，描述建筑或建筑物的大小，或想象空中的景色）。

2. 修改提示。

通过探讨人物体验环境的两种方式来修改正在写作中的手稿。

选项 1. 描述主角如何通过他或她的感官体验环境。人物在哪里行走、开车或骑马？人物在做这些事情时听到和看到了什么？人物在哪里睡觉？当她在那里闭上眼睛时，她闻到了什么？这个人物在特定的地方还做什么？当她居住在这些地方时，她有哪些感官体验？（记住，如果你正在创作一部视觉作品，你可以在照片或插图中加入这些细节。）

选项 2. 重新审视正在创作的诗歌的背景。通过具体的细节，努力使读者对环境产生关注。这首诗的背景是什么季节？是发生在室内还是室外？墙壁是什么颜色的？地面是什么样子的？说话者闻到或尝到了什么？哪些声音对读者通过文字来体验是很重要的？诗中还可能出现哪些关于环境的细节？

第9课 　 场景

当我们大多数人读到"场景"这个词语时，想到的多是电影或戏剧的某个镜头。不过，"场景"并不只是指这些类型的作品。场景是大多数叙事作品的一个重要组成部分，而场景的渲染也可以是诗歌的一部分。当我们沉浸在阅读的快乐中时，我们往往忽略了场景写作的技巧。发生这种情况的部分原因是，场景对读者来说是如此吸引人，以至于我们忘记了自己正在阅读。然而，作家在阅读后总是会再次重读那些吸引人的部分，以弄清作者是如何渲染场景，如何把读者带进作品的世界的。

什么是场景？

这是一个很重要的问题。以下是我们给出的回答：当一篇原创作品的写作速度放慢，聚焦在一个特定的行动或互动上时，场景就会慢慢浮现，作家会借此传达正在发生的事情。具体而言，场景包括了感官细节、人物行动，通常还伴有对话。场景也可以发生在作家特地选择的某个时间，而不是只有在解释事件的发生时才会出现。

在本书选择的几个叙事作品片段中，你会发现许多可以称为"场景"的例子。虽然场景是叙事性散文写作的一个重要部分，但场景的渲染也经常出现在诗歌和非叙事性散文作品中。换句话说，所有类型和形式的作家都经常使用场景，但他们所写的不一定都是完整的场景。有的时候，作家会以比较简略的方式处理某个场景，将文章展开的速度放慢一些，只使用上述场景写作的某些部分，并从写一般时间内发生的事情转向写特定时刻发生的事情。

如果我们研究诗歌中的场景设计，不难发现其中的场景往往都是很简短的，分析这类场景可以作为我们阅读场景的一种有益的入门训练。请看一下乔伊·哈乔的《恩典》节选内容。

> 像土狼一样，像兔子一样，我们无法抑制自己的恐惧
> 在一个虚假的午夜季节里扮演小丑。我们不得不以笑声吞噬
> 那个小镇，让它像蜜糖般可以轻松下咽。然后在一天
> 早晨当太阳挣扎着破冰而出时，我们的美梦找到了我们
> 在 80 号公路沿线的卡车停靠站找到了我们，我们喝着咖啡、吃着煎饼
> 我们找到了恩典。

在这首诗中，哈乔进行的是短暂的景物渲染。仔细阅读这一段，想一想她在哪里进行了写景？

在前两句中，哈乔说的是冬天里发生的事情。她在一般时间里写的是整个"虚假的午夜"的季节。接下来把我们带到"一天早晨"，这是一个特定的时间。哈乔在这里放慢了诗的速度，因为"太阳挣扎着破冰而出"，说话者和她的朋友最后来到一个卡车站。看到我们突然和诗中的人物一起进入这个时刻的方式了吗？"喝着咖啡、吃着煎饼"。

虽然哈乔没有一刻不停地移动，但接下来她确实放慢了诗的速度，让我们和他们一起在卡车门廊坐了一会儿，感受"平衡的承诺"。在这之后，哈乔回到了一般的时间，但现在的时间是春天。哈乔也用这个场景来过渡时间，从冬天的结束到春天的到来。

作家何时使用场景？

现在我们知道什么是精心设计的场景，以及它是如何起作用的。但场景何时发生？整个故事不能只由场景构成。如果所有的事情都发生在

场景中，叙事就会进展得太慢。作家们在重要时刻使用场景，包括重要的对话。在《海胆》中，作者指出吃海胆的时刻是故事的一个重要部分。事实上，在这个特定的叙述中，这些品尝海胆的时刻构成了叙事弧线的高潮。

场景也可以而且经常围绕其他重要时刻展开。例如，我们可以研究一下扎迪·史密斯的《柬埔寨大使馆》的 0 - 12 节。虽然这是一部小说作品，但任何体裁的叙事作家都可以研究这个选段，以了解叙事中围绕关键时刻的场景展开方式。

0 - 12

当法图回到德拉瓦尔家时，她只有头发是干的了，但在去换衣服之前，她赶忙去厨房把羊肉从冷冻柜里拿了出来，尽管意义不大，离晚饭还有几个小时，她需要上楼从四间不同卧室的配套柳条篮里取走脏衣服。主卧没有人，费萨尔的卧室没有人，朱莉的卧室也没有人。楼下的电视机响个不停。法图走进阿斯玛的房间，什么也没听到，她以为房间里没人，便径直走向角落里的洗衣箱。当她打开盖子时，她感觉到一只手重重地打在她的背上；她转过身来。

注意时间变慢和小细节出现的方式。法图在楼上。四个房间中有三个是空的。楼下传来电视的轰鸣声。法图正拿着她从每个房间的"配套柳条篮"里倒出来的衣服。进入这个场景，我们就有了感官上的细节。当法图进入阿斯玛的房间时，我们进入了瞬间的场景。"法图走进阿斯玛的房间，什么也没听到，她以为房间里没人，便径直走向角落里的洗衣箱。当她打开盖子时，她感觉到一只手重重地打在她的背上；她转过身来。"

我们知道法图听到的和感觉到的。我们看到她转身。随着场景的继续，我们停留在感官时刻，知道法图意识到阿斯玛正在窒息。情感也是一刻不停地出现。法图的愤怒和对她的愤怒的恐惧，然后是她的意识。

故事中的重要时刻就发生在这个场景中。我们从故事的其他部分知道，法图担心魔鬼，并想知道为什么上帝会让一些人比其他人更痛苦。我们还知道法图在这个家里是个奴隶。我们知道孩子们很残忍。然而她却救了这个孩子的命。

这是法图性格发展的一部分。同时，法图在这里的行动导致了德拉瓦尔一家在没有警告和没有办法的情况下把她赶出了房子。在这个场景中，我们看到了叙事弧线中的一个关键时刻，我们对法图的性格也有了更多的了解。

在法图救下孩子后的第一场戏中，她把孩子带到楼下，德拉瓦尔一家正在看他们的平板电视。同样，这个场景也是一刻不停地移动。

史密斯再次描述了感官上的细节，并描绘了人物的身体动作。不过，在这个场景中，没有任何拯救。家人收到阿斯玛窒息的消息，接着知道了法图救了她的命，但他们的注意力几乎一刻也没有离开过电视，这让法图感觉很无奈。

让我们看看都发生了什么：孩子们取笑，德拉瓦尔先生尴尬地表示感谢，德拉瓦尔夫人问起解冻的羊肉。这一幕几乎是窒息场景的陪衬，它所揭示的内容是完全不同的。在这里，当管家刚刚救了一个孩子的命时，德拉瓦尔夫妇的反应与我们所期望的家庭反应不同。他们对法图的态度是冷漠的，甚至是恼怒的，甚至将其作为笑话的对象。

注意到这两个场景之间的另一个明显区别了吗？窒息的场景是在近乎无声的情况下写成的，除了楼下电视发出的噪声。没有任何话语。在客厅的场景中，直接和间接的对话，主要是来自德拉瓦尔的对话，传达了大部分发生的事情，而且对话中穿插了行动，让我们置身于场景中，向我们展示了客厅里所有人物的确切情况。

这两个场景对于故事都很重要。两者都值得放慢脚步，集中精力体会，两者都与法图的命运有关。而且，正如我们所讨论的，这两个场景都发生在同一章节中。事实上，这一部分只由这两个场景组成。

短的、长的和介于两者之间的： 一个场景应该使用多少页面空间？

从对《恩典》《海胆》和《柬埔寨大使馆》里的场景讨论中，我们可以看到，作家们为写场景投入了不同数量的页面空间。一个作家在任何给定的作品中为场景奉献了多少空间，几乎都是出于以下这些考虑：

◆ 整个作品的长度。

◆ 作家的风格/作品的风格。

◆ 吸引读者的注意力。

在阅读一个场景时，要想一想那个特定时刻的重要性，有什么利害关系，以及为什么这值得成为一个场景。接下来，考虑整个作品的长度，作家的风格，以及该场景如何吸引你作为一个读者的注意力。当作家决定是否包括一个场景以及这个场景应该有多长时，这些考虑都会发挥作用。

例如，《海胆》和《柬埔寨大使馆》都是叙事性散文，而且都首次发表在《纽约客》上。《海胆》是作者为探索初体验主题的简短系列短篇所写的一篇作品。我这样解释是想说，这个故事是为了让人读起来更短。《柬埔寨大使馆》最初则是作为一个较长的短篇独立故事发表的，后来又单独作为一部小说出版。读者会带着不同的期望接近这两个故事，作家们也知道这一点。

《柬埔寨大使馆》的篇幅足够长，以维持史密斯为场景所搭建的故事空间。在这些事关重大的时刻，扎迪·史密斯所写的场景能够吸引读者的注意力。虽然李昌瑞在他的小说中写了较长的场景，引人注目，吸引人的注意力，但《海胆》却没有空间写长的场景。相反，正如我们在本课前面所讨论的那样，李昌瑞在两段文字中包含了许多景物渲染。

请注意这些叙事的写作风格也有差异。史密斯在写《柬埔寨大使馆》

时，采用了包罗万象的风格，打开了法图生活的方方面面，而李昌瑞在《海胆》中表现出来的风格是简洁的。他用很少的文字解释了他家返回首尔的相关部分。例如，为了解释他们在那里是在抗议军方对光州起义的残暴反应期间，李昌瑞写道："在城市中心附近的宽阔街道上，学生们在示威游行；我的堂兄说这是对南部光州军方镇压市民的回应"。这种简洁的风格也带入了叙事中的场景。

没有完整场景的场景渲染

阅读场景的另一个部分是注意到什么时候没有场景。短篇作品可能根本就不包括场景。第 3 课中提到的几篇短篇作品使用了具体的、感官上的细节，并解释了人物正在做什么、感觉到什么、想什么，而没有把叙述展开成一个完整的场景。当场景不是写作的一部分时，要注意场景渲染的哪些部分进来了。

在有限的字符中构建一个完整的场景是不可能的，而完整的场景并不总是——甚至经常不——适合于微观叙事。在短文中，作者可以用生动的细节来唤起人们的感官，还可以写下富有感官形象的对话，再用肢体动作来解释即时反应。

带着场景训练的眼光来阅读微观作品，你可以看到我们正在注意到构成一个良好的场景的许多方面，尽管没有形成完整的场景。当你阅读、研究场景时，你会发现即使没有完整的场景，也可以用场景渲染的技巧来增加作品深度，让读者沉浸在细节中。

视觉混合文体中的场景

在图像和摄影叙事中，场景是我们实际看到的东西。

在摄影随笔中，照片与文字分开出现，照片本身就是场景。照片是我们放慢脚步，看到对作品至关重要的时刻的地方。

研究一下兰迪·沃德的《赫斯图尔：摄影随笔》的节选：

羊圈里的埃伯

几个世纪以来，羊畜牧和农业一直是法罗群岛文化和经济的组成部分。在某些方面，羊群管理仍然基于 1298 年汇编的法规。在这张照片中，赫斯图尔的两名教区执事之一埃伯·拉斯穆森正兴奋地把羊赶到羊圈里。

在这里，我们看到埃伯站在羊圈中。请注意我们对他的脸的近距离观察，他那件破旧的大衣，口袋里的拉链坏了，或者没有拉上，他的羊毛衫和帽子。我们看到他身后的石墙，以及身后被风吹动的土地。注意他的脸，张着嘴，似乎在用力呼吸，几乎是在笑。

这里，沃德设置了一个场景。埃伯在从事一种有几百年历史的养羊工作。而且他不仅是一个农民，还是一个教区执事。

这个标题的可爱之处在于，它也为埃伯设定了场景。这是埃伯，陷入了"兴奋"之中。通过这个摄影场景和它的标题，我们得到了埃伯的重要性格发展，我们开始了解他，虽然只是一点点。

图像叙事，其界面包括图像和文字，工作方式有点不同。在图像叙事中，文字所做的工作与基于文本的叙事大体相同，而图像则显示了文字所没有表达的内容。

在任何类型的作品中，精明的读者都会注意到场景。当你发现一个场景时，暂停一下，研究一下。考虑一下作者发展一个场景的原因。注意作家给这个场景的页面空间。注意这些细节可以加深我们对作品的理解。

讨论问题和写作提示

讨论问题：关注场景

比较兰迪·沃德的《赫斯图尔：摄影随笔》中场景的使用和艾琳·普希曼的博文《他们指着她的脸吹口哨》（见本书附录）中对场景的运用。两者都采取了非传统的形式，并且都使用了场景。两篇叙事都使用了哪些场景元素？哪些元素只被其中一篇作品使用？你认为造成这种差异的原因是什么？在回答这个问题时要考虑形式、风格和流派。

写作提示：关注场景

1. 创作提示。

你知道你对一个新故事或叙事诗有什么想法吗？试着用一个场景来开篇，写出开头。记住要写在特定的时间内。包括细节、身体动作、感官描述和对话。

2. 修改提示。

拿出你一直在创作的叙事诗或诗歌。弄清楚作品中最重要的时刻是什么——一个事关重大的时刻。创造一个场景或使用场景渲染的元素，使这一时刻细节更丰富，让读者感觉变得更加清晰。记住要放慢文章的速度，写出具体的时间，包括细节、行动或互动以及对话。

第10课　语言

无论什么形式，什么类型，什么长度，在哪里发表，所有的创意写作都有一个重要的共同点：它通过文字呈现给我们。即使是部分依赖于图像的混合体作品，读者也需要通过文字来理解。你可能会说，所有的写作，无论是原创性的还是其他的，都是通过文字传达给读者的，这是真的。但在创意写作作品的创作中，作家会特别注重语言。

培养文学直觉：结构、形状、长度和声音

你也可以说，我们已经在前面的大部分课程中讨论了语言。毕竟，关于情节、角色、背景和场景的细节，都是通过语言传达给我们的。不过，这一课我们将关注语言本身。当作家阅读时，他们会仔细注意语言——或者作者把单词、短语和句子放在一起的方式。许多作家都培养了一种"文学直觉"，或一种几乎能注意到语言在作品中发挥作用的方式。

要做到这一点，我们必须放慢自己的阅读速度，仔细地阅读每个单词。阅读不仅是为了了解正在发生的事情，而且是为了搞清楚文字是如何告诉读者正在发生的事情的。在直觉的引领下，我们去尝试"听"单词的声音，尝试"感受"句子的形状。在阅读中关注语言，意味着研究措辞（作者选择的词语）和语法（作者构建句子和短语的方式），此外还要注意标点符号，包括它在语法中的作用以及它如何影响句子的移动方

式——停顿、停顿、延伸。

当我们在本课的阅读中关注语言时，我们将阅读虚构、创意非虚构和诗歌作品。作家可以通过阅读各种类型作品的语言来培养文学直觉。一种类型的作家可以通过研究另一种类型的作家使用语言的方式来学习以细致入微的方式处理语言。

让我们从扎迪·史密斯的《柬埔寨大使馆》0 - 14 节开始阅读。

0 - 14

星期一，法图去游泳。她停下来观看羽毛球比赛。她想，那些击打羽毛球时手臂的姿势一定和她在泳池里笨拙却有效地向前游动的动作相似。她走进健身俱乐部，将客人通行证交给柜台后的女孩。在灯光昏暗的更衣室里，她穿上了结实的黑色内衣。当她游泳时，她想起了加勒比海滩。她的父亲在甲板上为客人端上鲷鱼，他的领结总是有点歪，还有那些丑陋的游客，她记得那里的一切。**当然，看到来自德国的白人老头腿上坐着漂亮的当地女孩也一点不觉得奇怪，但她永远不会忘记来自英国的两位白人老妇人，由于太阳的缘故——变得红扑扑的，她们每个人都有两个女人加在一起那么大，奎库和奥赛躺在她们身边，男孩们用他们瘦骨嶙峋的黑色鸟臂搂着女人们巨大的红色肩膀，在酒店的"舞厅"里和她们一起跳舞，回应着叫作迈克尔和大卫的名字，然后晚上消失在女人们的小屋里。**她认识两个男孩真正的女朋友，她们和法图一样是女仆。有时，她们会打扫奎库和奥赛与英国女人共度良宵的房间。客人中也有女孩们的"男朋友"。那家旅馆可不是什么庄严的地方。水池的形状像一颗芸豆：没有人真的会在里面游泳，也没有人想在里面游泳。大多数情况下，他们只是站在里面喝鸡尾酒。有时候他们甚至会让人把汉堡送到游泳池。法图讨厌看到她的父亲蹲下身把汉堡递给站在泳池齐腰深的水里的男人。

在《柬埔寨大使馆》中，史密斯改变了句子长度和语法。构造句子的最常见方式是主语、动词或宾语模式，例如：我去了商店。作为普通人，当我们用英语写作和说话时，我们使用的多是这种句子结构。"我去了商店。玛丽亚和我一起来。我们买了鳄梨和藜麦，然后回家了。"主语、动词、宾语，以及主语、动词、宾语，一切看起来很清晰。但这并不是史密斯在语法方面重点做的。有些句子遵循主语-动词-宾语结构，有些则以介词开头，还有些以连词开头。请注意，在这里，不同的句子结构意味着有时以主语-动词-宾语以外的结构书写。一直尝试这样做会导致一些非常奇怪、尴尬的写作。当你阅读语法时，请注意作者在主语-动词-宾语结构上出现变化的频率，以及他们是如何实现这些变化的。

虽然不同的语法确实给史密斯的读者带来了一些多样性，但它也是这种叙事风格的重要组成部分。在这一部分中，句法围绕法图的思想和经历展开。

重读突出显示的两个句子。如果可以的话，大声朗读它们。你注意到他们的哪些特点？是的，其中一个句子很短，另一个则很长，后者根本不是一个完整的句子，而是一个片段。史密斯改变句子的长度，以保持读者的兴趣。她还使用标点符号来塑造句子的形状。读出长句中的标点符号。标点符号使长句子发挥作用，它向我们展示了如何阅读这个句子。逗号引导我们理解句子中的短语和从句。破折号强调了"变得红扑扑的"——引起人们对法图看待她们的方式的关注。

现在这样考虑语法：当法图开始游泳时会发生什么？她开始记起加勒比海滩。语法会发生什么变化？它潮起潮落。它飘过一个长长的片段。它用一个长而曲折的句子支撑着法图的思绪，随着法图的思绪流动——穿过她现在游泳的水，到达加勒比海滩以及那里发生的事情。在这里，史密斯在句法中体现了角色正在做什么——游泳，以及她正在想什么——在加勒比海滩的痛苦记忆中游泳。

作家在阅读（和写作）时也会留意单词的发音。我们认为的许多诗歌技巧都是这样来的——例如头韵、节奏和韵律。单词声音的重要性也超出了这些诗意手段，包括硬声和软声，以及这些声音在创意写作中的重要性。看看艾伦·迈克尔·帕克的混合体诗歌《老年人恐吓年轻人的十六种方式》中的第十三条。

> 13. 它就像填缝剂、胶水或者是口香糖。任何将这些骨头连接在一起的东西。（It's like grout or glue or maybe gum. Whatever holds those bones together.）

在这句话中，我们听到了"grout or glue or maybe gum"的头韵。我们还听到很重的"g"音。但请注意，该行的开头如何包含其他硬辅音"t""k"。这句的后半部分声音变得温柔而流畅。听到"holds those bones"中的所有"o"的声音。其他温和的声音，例如"Whatever"中的"w"，增加了该行第二部分的流畅性。在这行诗中，声音的差异反映了这首诗的主题，即尖锐的幽默以及对衰老和死亡的深刻反思。

以这种方式阅读句子和台词将有助于培养你的文学直觉。借助直觉我们可以听声音、观察长度、结构、标点符号和形式。此外，借助这种方式我们还可以用其他方式分析作品的语言——我们将在本课的其余部分讨论这些方式。

感官语言

感官语言通常是让原创作品散发自身魅力的重要元素。语言阅读的另一部分是发现作者何时唤起身体感官或情感感受。作家经常通过选择主动动词并撰写刺激感官的描述来做到这一点。

作家们都知道，不同的词会唤起不同的含义。我认为这就是不同。选择意义不同的主动动词有助于作家为读者创造新的感官体验。阅读主动动词的一种方法是想象将主动动词替换为进行时的动词，或者意义相似但不完全相同的主动动词。以《制图》第二段第二句为例，如果"她已经在准备（*制定*）她的待办事项清单，而他想（*需要*）去威尼斯——船夫在唱歌，浪漫在流淌，还有她"。将这些动词改为括号里我用斜体插入的动词，或任何其他动词，都会给这段话带来不同的感觉。这段话的意思与现在的意思不同。当然，以拉克梅斯什瓦尔的方式行文效果会更好。她之所以选择这些动词，是因为它们的确切含义以及它们在这首散文诗的行文中的作用。

另外值得指出的是，使用主动动词并不意味着从不使用进行时的动词。再看看第一句话"即将到来"。进行时的动词在这里起作用，因为它使得周年纪念日"即将到来"成为可能，就像平时买的比萨那样（这是个奇特的比喻）。在这里我们看到需要一个动词来使写作的意思契合作者想要的效果。

选择特定的词语来创造特定的含义（以不同的方式表示）不仅适用于动词。它适用于所有词语，包括用于创建描述或细节的词语。

选择特定的词语来创造微妙的含义是拉克梅斯什瓦尔在《制图》中所写的情感唤起和感官语言的一部分。前两句中，"就像一块芝士比萨一样"的味道和质地立即以令人惊讶的方式发挥作用。谁会认为周年纪念日就像比萨一样，是一种俗气的比萨？这为读者提供了一种用语言想象事物的新方式，为读者提供了他们以前可能没有经历过的东西。它还带来了特定的含义。芝士比萨既美味又平凡。它的到来是可预测的、方便的，有时可以代替需要更多时间、金钱、计划、工作、热情和精力的一顿饭。所以，当我们读到这句话时，我们的手上就有了味道、质地，甚至可能还有气味，而且我们是在结婚周年纪念日即将到来的背景下感受到它的。在这里，拉克梅斯什瓦尔有效地唤起了读者的感官和情感。

作者的下一句话将这个想法带到了一个不舒服的地方——"无论他们是否期待"——这会唤起更多的情感感受。一种不那么微妙的写法可能是这样的：他们对即将到来的周年纪念日感到矛盾，就像每年一样。但这句话的含义与《制图》前两句的含义不同。

拉克梅斯什瓦尔用于唤起感官和情感的语言还有什么重要意义？我们在阅读中能够注意到所有可能唤起感性浪漫的单词和短语吗？以下是这些单词和短语的列表，按它们出现的顺序排列：到来、未曾探索、兴奋、臭名昭著、红灯区、想要、船夫在唱歌、浪漫在流淌、睡觉、带到、仰卧、心脏、传播、动脉、层层、承诺。

再次阅读单词和短语列表。拉克梅斯什瓦尔用这种语言引发了热议。这就是这篇文章如此令人心酸的原因之一，不是吗？语言很热，关系却很冷。

细心的读者，像作家一样阅读的读者，才能以这种方式了解语言及其对整篇文章的重要性。但一旦你开始注意到语言的含义，它就会改变你的阅读方式。

打破正式规则

我们常常认为诗人可以自由地避开正式的写作规则。当一位诗人放弃标点符号或大写字母时，没有人会眨眼。但请注意两件事。首先，许多诗歌——例如本书中包含的诗歌——都遵循规则。其次，所有创意作家都可以打破规则。关键是，当作家打破规则时，这种打破必须是有充分理由的，并且必须能在作品内部发挥一定的作用。

我们无法在本课中讨论每一条正式规则以及为什么它可能被打破。那需要单独的一本书。我们可以讨论一些最常见的打破规则的行为，并研究作家打破规则创作的作品。

始终写出完整的句子。切勿以"此外"或"但是"或任何其他连词开始句子。切勿使用"你"。切勿以介词结束句子。绝不废话。诸如此类的规则就是为了被打破而制定的。由创意作家创作，谁知道他们在做什么。

语言阅读的一部分意味着通过阅读来了解作家何时打破规则以及为什么打破这些规则会起作用。例如，切勿使用"你"。因为我们已经学习了有关"视角"的课程，所以我们已经知道"你"可以作为第二人称视角。"你"的视角出现在第 3 课的两篇短文中：海斯的《你在大学里学到了什么》和约翰逊的《阴性结果》。

至于其他正式规则，作家往往是经过深思熟虑之后才打破它们的，而不是偶然的。只有当打破的规则能够为作品服务时，他们才会考虑挑战既定规则，以保持读者的注意力，而不是导致读者感到困惑或分心。让我们来看看。

始终写出完整的句子。并非所有句子都需要语法完整才能表达完整的想法。再看一下扎迪·史密斯《柬埔寨大使馆》中的片段句子，我们在本课前面学习了这句话。

> 当她游泳时，她想起了加勒比海滩。她的父亲在甲板上为客人端上鲷鱼，他的领结总是有点歪，还有那些丑陋的游客，她记得那里的一切。

第一句话很短，但很完整。第二句话是一个片段，与前面的句子产生共鸣。我们预计片段会很短。在这种情况下，片段前面的句子比片段本身短。该片段建立在第一句话的想法之上，并以列表为基础。该片段只不过是列表。它在这里起作用是因为，多亏了前面的句子，它的含义很清楚。

该片段也有效，因为这里语言崩溃了。正如我们前面讨论的流畅、蜿蜒的句子体现了法图的思维一样，碎片反映了法图的经历。当法图开始想到一个"邪恶"的地方，一个她父亲被游客贬低的地方，一个她被强奸的地方时，语言变得不完整。换句话说，这个片段——这个破碎的句子——为读者展现了法图生命中一段支离破碎的时光。此外，这个片段句子也长，它可以让读者在那个破碎的地方停留得更久；它很详细地向我们展示了法图是如何被关押在那里的。

根据记录，我们在这里讨论的片段是复杂的片段，它有一个主语和一个动词（分别是"父亲"和"弯曲"），但仍然是一个片段，因为它的意义，取决于句子中的句子，它的前面（当然，这就是它在作品中发挥作用的原因）。

需要更多关于片段解释的阅读作家可以查看《语法女王》（Grammar Girl），又名《蜜妮安·福格蒂》（Mignon Fogarty）。只需检索《语法女王》片段或在 Quick and Dirty Tips 网站上查找片段即可。关于正式写作规则的任何其他问题也是如此。

切勿以连词开始句子。切勿以介词结束句子。有时，作者在一个段落中打破了不止一项正式规则。阅读约翰逊的《阴性结果》的摘录，一起寻找打破规则的地方。

> 所以现在，你得担心自己，一个撒谎的人，另一个可能不撒谎但也可能会撒谎的人。他要为此担心。所有这些都导致了你进行确认是必要的，你别无选择，因为这一切都归功于你自己，归功于那个可能不撒谎的人，甚至是那个可能撒谎的人。要进行十次测试，包括窗口期。你听到了"阴性"这个词。你在纸上看到了。十次。你当然松了一口气，现在你知道检测结果是阴性的了（你知道会是阴性的），你松了一口气，因为这意味着那个骗子还算诚实，他没有那么糟糕，尽管你已经不再和他睡觉。你恨他让你经历这一切，尽管你一开始就知道。风险归风险，不过愚蠢就是另一回事了，而且，现在你知道这个新男人实际上是诚实的，这让你更喜欢他了。

约翰逊以一个连词——"所以"开始这一段。她还用一个介词——"在"结束一个句子——"在"就此而言，她也写了一个片段——"十次"。对于一个段落来说，这可能是很多正式的规则破坏，但它适合该作品的风格。《阴性结果》是一种有意识的叙事流。我们和她一起回顾叙述者的烦恼。形式并不重要。在这个叙述中，我们也看到随着角色的崩溃，语言也崩溃了——或者至少她认识到谎言正在威胁她的健康。她还在等待性病检测结果，结束与一个男人的外遇，并开始与另一个男人的外遇。我们再次看到破碎的语言体现了人物生活的纠结部分。在这段文字中，作者虽然打破了正式规则，但却让读者感到作品更真实。

遵守写作规则

作家有自己的一套规则。那些参加创意写作研讨会课程或在独立写作小组工作的人可能听过其中的许多内容。我们无法在本课中讨论所有写作规则，但我们将介绍创意写作研讨会上经常出现的两个规则：极其谨慎地使用副词，以及不要使用陈词滥调。研究作家如何思考（或打破）这两条写作规则，将为你在像作家一样阅读和写作时考虑其他规则和警告提供背景。

作家规则的基础是作家使用语言的理念。我们对语言进行不同的处理，以确保它能够吸引读者，让读者产生继续读下去的兴趣。我们对语言进行精心设计，以确保其细致入微且令人惊叹。我们使用这种语言，这样它就能吸引我们的读者，他们会记住我们所说的内容。而陈词滥调既不细致入微，也不令人惊叹，无法留下令人难忘的印象。副词也容易让我们的注意力无法集中在页面上。

奥利弗在《引领》中写到心碎。一颗破碎的心是最常见的。但在这里，陈词滥调是作者使用语言的一部分。她通过扭转陈词滥调来为读者提供新的东西来。这是一种令人心碎的方式，一种开放的方式。如果我们让奥利弗这样伤透我们的心，我们就会愿意看到垂死的潜鸟和所有其他环境破坏的受害者。

奥利弗在这首诗中使用了一个副词——"仅"。任何更多的副词都会让人感觉太多，并且会减慢这首诗的速度。任何更多的副词都意味着奥利弗没有谨慎使用副词。并注意副词的出现位置：在关于奥利弗对破碎的心有何打算的诗行中。这个副词出现在正确的位置，因为它并没有太努力去造成令人心碎的事情。那些似乎一心要触动读者心弦的副词，往往会让人觉得做得过头，甚至令人讨厌。例如，想象一下，如果副词使用不当并且用在错误的地方，可能会导致我们丢下这首诗。

想象一下如果副词加在动词后面会是什么样？

解释潜鸟如何移动、歌唱或死亡。作为读者，我们会觉得奥利弗太努力地触动我们的情感弦了。那里的副词会产生与奥利弗想要的效果相反的效果。那里的副词不会让我们有所谓的移情或代入感。

读完这段文字后，有些人可能会对那位成功的作家似乎不小心使用副词感到好奇。我们中的许多人偶尔会喜欢一本作者经常使用副词却毫发无伤的书。我们所能做的就是为这些作家感到高兴，并仔细阅读以找出他们为何逃脱惩罚。（我们也可以继续努力翻阅自己的手稿，剔除所有我们无法证明其合理性的副词。）

运用语言

关注语言可以帮助读者了解情节、叙事弧线、角色、发展、背景、场景以及所有其他内容是如何在作品中体现的。在阅读中学会关注语言层面的细节是很重要的，语言是作家用来创造艺术的基础媒介，语言也是我们向读者呈现诗歌、小说和非虚构作品的方式。

当作家写作时，他们使用的是语言。他们通过注意自己选择的词语、构建句子的方式、遵守的规则或打破某些规则创造性地使用语言。作者在修改时所做的一部分工作就是努力使语言正确。而像作家一样阅读的重要的一部分就是，通过细读来了解作家如何运用语言。

讨论问题和写作提示

讨论问题：关注语言

1. 阅读《他们指着她的脸吹口哨》（见本书附录）或其他故事，在阅读中保持对语言的关注，"听"句子或台词，"走过"它们，注意每个句子/行的长度、结构和标点符号，或者解释哪些句子/台词最能引起我们的共鸣及其原因，讨论作者用这些句子/行中的语言完成了什么，这些都值得尝试。

2. 玛丽·奥利弗的诗《引领》和兰迪·沃德的《赫斯图尔：摄影随笔》（见本书附录）都遵循正式规则。柯比的《杰瑞的螃蟹小屋：一颗星》有时会，有时不会。你认为奥利弗和沃德为什么选择遵循正式规则？为什么柯比有时会选择打破它们？遵循规则会给这些作品带来什么？打破语言规则有什么意义，对故事有何影响？

写作提示：关注语言

1. 创作提示。

从本书的作品中选出你最喜欢的作品。通读它，密切注意词语。然后选择你因语言而感兴趣的句子（散文）或诗句（诗歌）。研究句子或行，弄清楚该语言是如何组织起来的。然后以类似于你在作者文章中读到的某些句子作为参照，用自己的语言写一个句子，或几行句子。（这里的技巧是以类似的方式写下你自己的句子或台词，而不是复制作者的，只改变一两个单词。）完成一个句子或台词后，从阅读中选择另一个句子或台词并做同样的事情，然后继续写下去，直到你觉得自己没有什么可写了再停下来。

2. 修改提示。

重读你正在写的一篇手稿。找到你想要修改的页面、段落或节。专门编写一个修订版本来使用该语言。请记住，你正在处理这里的一小部分——一页、一段或一节，一切都需要慢慢来。先试着对词语和句子做出一些重要的更改，稍后再找时间修改手稿的其余部分。

后记

作为一名作家或学习写作的作者，在阅读本书时，你一定会注意到我们经常讨论如何从"像作家一样阅读"转向写作。如果只讨论"像作家一样阅读"而不涉及写作，我觉得那是不太可能的，我劝你们不要这样想。当你以作家的身份阅读时，你就会想到自己的写作，而且并不需要刻意去做什么准备，这是自然而然的过程。从本质上讲，这正是我们努力"像作家一样阅读"的根本原因。

　　在阅读过程中像作家一样思考自己的作品，看待自己，这对我们运用本书中讨论过的诸多要素，磨炼自己的写作技巧是有帮助的。你可以在自己的作品中探索不同的体裁或混合体作品，可以在自己的作品中塑造更细致入微的人物形象，也可以尝试用前所未有的方式运用语言。

　　在阅读过程中思考自己的写作，也有助于你深入认识不同的发表平台和出版机会。你有适合"微小的真相"发的推文吗？有博客文章要写吗？你此时正在写的短篇小说是否适合发表在你阅读的那些刊载短篇小说的文学杂志上？当你以作家的方式阅读，并在阅读中反思自己的作品时，你就越来越清楚自己要做什么，找到属于自己的位置。

　　每次阅读时，可以问问自己能从文章中学到什么。把正在阅读的内容与自己的作品内容联系起来。在阅读中探究别人如何进行创作，这可以改变并促进你自己的写作。

　　最后，也是最重要的一点是，阅读可以使作家与文学领域的关系更加密切。没有读者，作家就无法生存。随着阅读量的不断增加，你开始准备出版自己的作品。这个过程中，你购买的每一本文学杂志或图书都意味着对文学界的支持。而你在线阅读创意写作类作品，并通过自己的社交媒体账号分享自己喜欢的作品，这意味着你正在帮助促进创意写作数字平台的发展。作为读者参与文学领域的活动，有助于文学社区的可持续发展。

因此，让我们继续阅读。阅读你自己喜欢的类型，阅读其他更多类型的作品。在书页上阅读，在屏幕上阅读。为愉悦而读，为学习而读。

像你渴望成为的理想中的作家那样阅读。

附录　　阅读材料

赫斯图尔：摄影随笔

兰迪·沃德

急切地想要下船，我开始把行李收拾成一堆，堆放在泰斯廷号隆隆作响的船舱上。船体打开时，渡轮的液压装置发出尖锐的叫声，舷梯开始向赫斯图尔废弃的码头的方向颠簸下降。沉重的舷梯撞击在雨水浸湿的水泥地上，发出的最后一声巨响让我退缩了，然后我突然明白了：我是那天下午唯一一个上岸的人。其余乘客正在等待渡轮恢复继续穿过斯科普纳尔峡湾的航线，前往人口较多的桑杜尔岛。

赫斯图尔，字面意思是"马"，在苏格兰西北偏北部，是位于大西洋北部冰岛和挪威之间的 18 个被风暴席卷的岛屿之一。这里有着自己独特的语言、文化、议会和旗帜。行政中心托尔斯港及其市政府辖区内的周边村庄，是群岛总人口 52 000 人中近 20 000 人的家园。2005年，赫斯图尔的 20 名居民加入了托尔斯港市政府，但该村本身的人口仍在减少。那些留下来的人，其中大多数已经达到或远远超过退休年龄。他们既要从事农业、渔业生产，又要在公共部门兼职，为岛上居民提供服务。

尽管许多人将赫斯图尔称为"垂死的村庄"，但我目睹了这里的传统、各种善良的行为和内敛的奉献精神，它们支撑着这个社区的基础设施和士气。这些感人的事迹在家庭或个人之间微妙的紧张关系面前显得更加难能可贵，这些紧张关系是几代人积累下来的怨恨，偶尔威胁着村庄微妙的平衡。

不可避免地，我也成为赫斯图尔村动荡的社会潮流的主题。作为一名新来岛上的人，岛上最年轻的居民，一位独立就业的单身女性，而且还是一位外国人，我的生活充满了解读的空间；没过多久，我的日常和社交活动就受到了各种各样的审视。然而，正是这种强烈的亲近感和孤独感的复杂配置，使我在赫斯图尔的时光，在法罗群岛度过的最后 6 个月，变得格外生动。我体验并见识到了令人难以置信的生活和人性，并经常参与其中，几乎到了难以承受的地步。无论我是在羊圈里帮忙，还是在晒新割的干草，或是和约尔莱夫进行着一场多彩的对话，教约蒙德如何使用电子邮件，抑或是借埃伯的晾衣绳用一个下午，也许我最温柔的团结行为就是在晚上打开厨房的灯，让人们看到我还在那里。

在栈桥上晾干草

法罗群岛位于北纬 62°，属于海洋性气候，因此很少出现持续性的干旱天气。每年平均有 260 天降水。因此，农民很难晒干足够的干草，把它作为牲畜的冬季饲料。一些农民利用木头的支架和海风晾晒他们收割的牧草。

在羊圈里的埃伯

几个世纪以来，羊畜牧和农业一直是法罗群岛文化和经济的组成部分。在某些方面，羊群管理仍然基于 1298 年汇编的法规。在这张照片中，赫斯图尔的两名教区执事之一埃伯·拉斯穆森正兴奋地把羊赶到羊圈里。

羊毛是法罗群岛的黄金

赫斯图尔岛大约有 580 只羊在吃草。早在渔业出现之前，羊毛制品就是法罗群岛经济的主要支柱之一。然而，羊毛不再被认为是"法罗群岛的黄金"；它的市场价值非常低，以至于人们通常会将其烧掉而不是出售或加工成纱线。

羊群

如今，估计有 70 000 只羊在群岛的 18 个岛屿上吃草。法罗群岛的羊的品种是北欧短尾羊的一种耐寒变种。大多数公羊有角，大约 67% 的母羊是无角的。每年秋天，农民和其他土地所有者都会自己宰羊。

约尔莱夫 & 约蒙德

约尔莱夫·波尔森和约蒙德·扎卡里亚森在赫斯图尔村一起长大，一直是朋友和邻居。约尔莱夫曾在村里当了 37 年邮递员。约尔莱夫退休后不久，约蒙德接替了这个职位，同时担任赫斯图尔教堂的管风琴师。

两个人的茶

约尔莱夫·波尔森在他独自居住的赫斯图尔的厨房里。岛上全年居住的人不到 20 人，村里已经没有孩子上学了。

教堂

大约 80％的法罗群岛人口属于该州的福音路德教会。赫斯图尔的乡村教堂于 2011 年庆祝其成立一百周年。

守门人

四月，在产羔季节，法罗群岛每个村庄的村民都会参与把羊群从外场赶进羊圈的活动。羊群在这里接受药物治疗，以预防各种寄生虫和疾病。埃伯·拉斯穆森正在帮助羊群向前移动，同时防止它们跨过石头墙逃跑。

（《赫斯图尔：摄影随笔》首次发表于 2012 年秋季的《冷山评论》中，经作者许可转载于此。）

他们指着她的脸吹口哨

艾琳·普希曼

露西尔站在她的房间里，周围是一堆被丢弃的制服，她的沮丧情绪溢于言表。

"我必须穿裙子。"她一边说，一边把一条制服短裤踢到木地板上。

"但是你喜欢短裤啊。"我说，并试图递给她一条看起来很舒服的短裤。这才是开学的第二周，九月初的北卡罗来纳州，我们还在酷暑中煎熬。

"不。"她把我的手拍开说。我放下短裤，把手放到下巴上，这是我一直试图在露西尔面前避免做的事，但最终还是做了。"我的装扮需要看起来漂亮。"露西尔说。我把手从脸上拿开。

此时，我也感到很沮丧。时间一分一秒地走向八点，她还得吃早餐、刷牙、找鞋子。一般来说，我们并不是一个以守时著称的家庭。但我们努力让孩子按时上学。无论如何，好的父母可能不会让他们的孩子在二年级的第二周就迟到。

"露西尔，"我反驳道，我的音量因为沮丧而升高，"我们刚给你买了这些新短裤，让你穿着去上学。"所有新买的符合规定的卡其色和海军色短裤都堆在地板上。露西尔就读于一所有校服规定的公立学校，购买足够的校服短裤成了暑假末的首要任务，我在处理露西尔的医疗预约时还要顾及这件事。

"我需要一条裙子。"露西尔坚持说，她突出的下巴提醒我要温柔些。

"为什么？"我问。

"他们说我看起来像个男孩。"

原来是这样。

"跟我讲讲吧。"我说，把我的女儿拉近，用手捧着她的脸，握住支撑肿瘤的那块骨头。

露西尔开始解释说，有些年长的孩子指着她的脸小声说话。

我们本该预料到这一点。听到人们对露西尔的脸的评论已经不是新鲜事了。善意的、恶意的或无辜的评论都有。一位正骨师问露西尔是否得了狮子病，并建议我们去看电影《面具》。泳池里两个傻笑的孩子指着露西尔的脸，叫她"大嘴"，并问她吞下了什么。在公共厕所里，一个小孩子只是问："你的脸怎么了？"同样，也有很多很多人，认识和爱我们的人都说过："她还是很漂亮。"

是这样的。没错。

露西尔有一个肿瘤，具体来说是一个中央性巨细胞肉芽肿。它卡在她下颌骨的中间。这很罕见。它具有侵略性。它是良性的。它不是癌症，但它在许多方面表现得像癌症。

通常，这种类型的肿瘤可以通过手术或类固醇注射来治疗，或是双管齐下。但这并不适用于露西尔。当标准治疗失败后，她成了一种罕见疾病中的罕见病例。

肿瘤长什么样？露西尔的外科医生和肿瘤专家以厘米为单位进行测量，并谈到了面部畸形的问题。我认为肿瘤看起来像一个成熟的苹果，被皮肤包裹着，就在一年前露西尔有着正常下巴的地方。

于是，在一个繁忙的秋日早晨，我和露西尔面对面站在她的房间里。她的肿瘤阻拦了我们一天的时间。如果她现在不穿衣服，上学就会迟到，我上班也会迟到。她转过头，凝视着窗外。从侧面看，我可以清楚地看到她在其他人眼中的样子。她那漂亮而又畸形的脸庞。她那拉长的苹果形下巴。她看起来像是一副自己的夸张肖像漫画。

迟到就迟到吧。哎，也罢。

我搂着女儿，和她一起走到床边。我们坐在她紫色的被子上，谈论起她看起来与众不同的事实。这并不是什么新话题。我们曾以各种形式与医院的社区工作者和儿童生活专家、露西尔学校的老师和辅导员进行过交流。这是一场我们将继续进行的对话——那种接着上次的话题继续，但并不是在你期待时进行的对话，这种对话会根据场合的不同而有所变化。

我没想到今天会有这样的对话，因为学校辅导员和医院社工已经去过露西尔的教室，解释了为什么她的脸会变成这样。但他们不可能走进每一间教室。

"你知道'身体多样性'这个短语吗?"我问道，试图让自己的手不去摸下巴，而是放到女儿身上。

"我不太清楚。"露西尔说。我们谈论了露西尔在学校看到的所有不同的体型。我们谈论了其他与众不同的地方。我们谈论了轮椅。我们谈论了肤色。我们谈论了牙套和眼镜。我们谈论了雀斑和胎记。我们谈论了痤疮。我们谈论了头发。

我们所有人有时都必须处理某些方面不被外界接受的问题。我们都会面对否定者，无论是因为我们的长相、我们的选择还是因为我们穿的衣服。还有很多很多的原因。我们会受到尖酸刻薄或嘲笑的话语的影响，但我们不能让那些话语打倒我们。

我希望我的女儿不必在七岁的时候学到这一课。我也根本没想过，她会在与一种毁容的疾病做斗争时学会这一课。但今天早上我需要帮助我的女儿理解的内容，与其他父母在孩子面对嘲笑和欺凌时帮助孩子理解的内容并没有太大的不同。

我抱着女儿让她在我的怀里哭泣。当她不再流泪，我对她解释说，她很美，我们每个人都有自己的美。我告诉她，总会有人和其他人长得不一样，也经常会有人对此恶言相向。

"露西尔，看起来与其他人不同没有关系，"我说，"有时候，看起来不像其他人甚至是一件好事。"我还告诉她，有时我们总会听到带有恶意的话语，但我们不必去理会。我告诉她，下巴上长了这个肿瘤，会让她学会忽略欺凌者和卑鄙的人，并与其他看起来不同的人友好相处。

这次坦诚的交谈圆满结束，也不失为一次鼓舞人心的谈话。当我紧捏她的肩膀站起来时，我仍然不想让她去学校或者任何我不能为她辩护或在她耳边轻声说爱的地方。

又是一个为人父母的时刻，唯一的出路就是尽可能正常地生活下去。还有这个：

"你知道吗，"我说，"你很坚强。我会支持你。"露西尔微笑着紧紧拥抱了我。

然后我帮女儿挑选了一条漂亮的制服裙、一条漂亮的紫色项链和一条漂亮的头带。她去上学了，虽然迟到了，但她很开心，愿意面对新的一天。

（这篇文章最初发表在我的博客"勇敢的面孔"上，稍做修改后在 *Mutha* 杂志上发表。）

创意写作书系

这是一套广受读者喜爱的写作丛书，系统引进国外创意写作成果，推动本土化发展。它为读者提供了一把通往作家之路的钥匙，帮助读者克服写作障碍，学习写作技巧，规划写作生涯。从开始写，到写得更好，都可以使用这套书。

综合写作		
书名	作者	出版时间
成为作家（纪念版）	多萝西娅·布兰德	2024 年 4 月
作家笔记	阿德里安娜·扬	2024 年 1 月
一年通往作家路——提高写作技巧的 12 堂课	苏珊·M. 蒂贝尔吉安	2013 年 5 月
创意写作大师课	于尔根·沃尔夫	2013 年 6 月
渴望写作——创意写作的五把钥匙	格雷姆·哈珀	2015 年 1 月
文学的世界	刁克利	2022 年 12 月
从创意到畅销书——修改与自我编辑	詹姆斯·斯科特·贝尔	2016 年 1 月
虚构写作		
小说写作教程——虚构文学速成全攻略	杰里·克里弗	2011 年 1 月
开始写吧！——虚构文学创作	雪莉·艾利斯	2011 年 1 月
冲突与悬念——小说创作的要素	詹姆斯·斯科特·贝尔	2014 年 6 月
视角	莉萨·蔡德纳	2023 年 6 月
悬念——教你写出扣人心弦的故事	简·K. 克莱兰	2023 年 6 月
情节与人物——找到伟大小说的平衡点	杰夫·格尔克	2014 年 6 月
人物与视角——小说创作的要素	奥森·斯科特·卡德	2019 年 3 月
情节线——通过悬念、故事策略与结构吸引你的读者	简·K. 克莱兰	2022 年 1 月
经典人物原型 45 种——创造独特角色的神话模型（第三版）	维多利亚·林恩·施密特	2014 年 6 月
经典情节 20 种（第二版）	罗纳德·B. 托比亚斯	2015 年 4 月
情节！情节！——通过人物、悬念与冲突赋予故事生命力	诺亚·卢克曼	2012 年 7 月
如何创作炫人耳目的对话	詹姆斯·斯科特·贝尔	2016 年 11 月
如何创作令人难忘的结局	詹姆斯·斯科特·贝尔	2023 年 5 月
超级结构——解锁故事能量的钥匙	詹姆斯·斯科特·贝尔	2019 年 6 月
小说写作工具箱——125 招助你写出爆款故事	詹姆斯·斯科特·贝尔	2024 年 6 月
故事工程——掌握成功写作的六大核心技能	拉里·布鲁克斯	2014 年 6 月
故事力学——掌握故事创作的内在动力	拉里·布鲁克斯	2016 年 3 月
畅销书写作技巧	德怀特·V. 斯温	2013 年 1 月
30 天写小说	克里斯·巴蒂	2013 年 5 月
从生活到小说（第二版）	罗宾·赫姆利	2018 年 1 月

如果，怎样？——给虚构作家的 109 个写作练习（第三版）	安妮·伯奈斯 帕梅拉·佩因特	2023 年 6 月
501 个创意写作练习——每天 5 分钟，激发你的创造力	塔恩·威尔森	2023 年 8 月
小说写作完全手册	《作家文摘》编辑部	2024 年 4 月
写小说的艺术	安德鲁·考恩	2015 年 10 月
成为小说家	约翰·加德纳	2016 年 11 月
小说的艺术	约翰·加德纳	2021 年 7 月
非虚构写作		
开始写吧！——非虚构文学创作	雪莉·艾利斯	2011 年 1 月
写作法宝——非虚构写作指南	威廉·津瑟	2013 年 9 月
故事技巧——叙事性非虚构文学写作指南（第二版）	杰克·哈特	2023 年 3 月
自我与面具——回忆录写作的艺术	玛丽·卡尔	2017 年 10 月
写我人生诗	塞琪·科恩	2014 年 10 月
类型及影视写作		
金牌编剧——美剧编剧访谈录	克里斯蒂娜·卡拉斯	2022 年 1 月
开始写吧！——影视剧本创作	雪莉·艾利斯	2012 年 7 月
开始写吧！——科幻、奇幻、惊悚小说创作	劳丽·拉姆森	2016 年 1 月
开始写吧！——推理小说创作	劳丽·拉姆森	2016 年 7 月
弗雷的小说写作坊——悬疑小说创作指导	詹姆斯·N. 弗雷	2015 年 10 月
游戏故事写作	迈克尔·布劳特	2023 年 8 月
剧本杀——玩法与写法	许道军 等	2024 年 6 月
好剧本如何讲故事	罗伯·托宾	2015 年 3 月
经典电影如何讲故事	许道军	2021 年 5 月
童书写作指南	玛丽·科尔	2018 年 7 月
网络文学创作原理	王祥	2015 年 4 月
写作教学		
剑桥创意写作导论	大卫·莫利	2022 年 7 月
小说写作——叙事技巧指南（第十版）	珍妮特·伯罗薇	2021 年 6 月
你的写作教练（第二版）	于尔根·沃尔夫	2014 年 1 月
创意写作教学——实用方法 50 例	伊莱恩·沃尔克	2014 年 3 月
创意写作思维训练	丁伯慧	2022 年 6 月
故事工坊（修订版）	许道军	2022 年 1 月
大学创意写作·文学写作篇	葛红兵 许道军	2017 年 4 月
大学创意写作·应用写作篇	葛红兵 许道军	2017 年 10 月
小说创作技能拓展	陈鸣	2016 年 4 月
青少年写作		
奇妙的创意写作——让你的故事和诗飞起来	卡伦·本基	2019 年 3 月
有个性的写作（人物篇＋景物篇）	丁丁老师	2022 年 10 月
成为小作家	李君	2020 年 12 月
写作魔法书——让故事飞起来	加尔·卡尔森·莱文	2014 年 6 月
写作魔法书——28 个创意写作练习，让你玩转写作（修订版）	白铅笔	2019 年 6 月
写作大冒险——惊喜不断的创作之旅	凯伦·本克	2018 年 10 月
小作家手册——故事在身边	维多利亚·汉利	2019 年 2 月
北大附中创意写作课	李韧	2020 年 1 月
北大附中说理写作课	李亦辰	2019 年 12 月

创意写作课程平台

从入门到进阶多种选择，写作路上助你一臂之力

扫二维码随时了解课程信息

"创意写作课程平台"由中国人民大学出版社"创意写作书系"编辑团队精心打造，历经十余年积累，依托"创意写作书系"海量素材，邀请国内外优秀写作导师不断研发而成。这里既有丰富的资源分享和专业的写作指导，也有你写作路上的同伴，曾帮助上万名写作者提升写作技能，完成从选题到作品的进阶。

写作训练营，持续招募中

- ### 叶伟民故事写作营

  高人气写作导师叶伟民的项目制写作训练营。导师直播课，直击写作难点痛点，解决根本问题。班主任 Office Hour，及时答疑解惑，阅读与写作有问必答。三级作业点评机制，导师、班主任、编辑针对性点评，帮助突破自身创作瓶颈。

- ### 开始写吧！——21 天疯狂写作营

  依托"创意写作书系"海量练习技巧，聚焦习惯养成、人物塑造、情节设置等练习方向，21 天不间断写作打卡，班主任全程引导练习，更有特邀嘉宾做客直播间传授写作经验。

精品写作课，陆续更新中

- ### 小说写作四讲

  精美视频＋英文原声＋中文字幕

  全美最受欢迎的高校写作教材《小说写作》作者珍妮特·伯罗薇亲授，原汁原味的美式写作课，涵盖场景、视角、结构、修改四大关键要素，搞定写作核心问题。

- ### 从零开始写故事

  高人气写作导师叶伟民系统讲解故事写作的底层逻辑和通用方法，30 讲视频课程帮你提高写作技能，创作爆品故事。

精品写作课

作家的诞生——12 位殿堂级作家的写作课

中国人民大学习克利教授 10 余年研究成果倾力呈现，横跨 2800 年人类文学史，走近 12 位殿堂级写作大师，向经典作家学写作，人人都能成为作家。

荷马： 作家第一课，如何处理作品里的时间？

但丁： 游历于地狱、炼狱和天堂，如何构建文学的空间？

莎士比亚： 如何从小镇少年成长为伟大的作家？

华兹华斯和弗罗斯特： 自然与作家如何相互成就？

勃朗特姐妹： 怎样利用有限的素材写作？

马克·吐温： 作家如何守望故乡，如何珍藏童年，如何书写一个民族的性格和成长？

亨利·詹姆斯： 写作与生活的距离，作家要在多大程度上妥协甚至牺牲个人生活？

菲兹杰拉德： 作家与时代、与笔下人物之间的关系？

劳伦斯： 享有身后名，又不断被诋毁、误解和利用，个人如何表达时代的伤痛？

毛姆： 出版商的宠儿，却得不到批评家的肯定。选择经典还是畅销？

一个故事的诞生——22 堂创意思维写作课

郝景芳和创意写作大师们的写作课，国内外知名作家、写作导师多年创意写作授课经验提炼而成，汇集各路写作大师的写作法宝。它将告诉你，如何从一个种子想法开始，完成一个真正的故事，并让读者沉浸其中，无法自拔。

郝景芳： 故事是我们更好地去生活、去理解生活的必需。

故事诞生第一步： 激发故事创意的头脑风暴练习。

故事诞生第二步： 让你的故事立起来。

故事诞生第三步： 用九个句子描述你的故事。

故事诞生第四步： 屡试不爽的故事写作法宝。

图书在版编目（CIP）数据

像作家一样阅读：提升读写能力的 10 堂课 ／（美）
艾琳·M. 普希曼著；刘卫东，李秋雨，张永禄译．
北京：中国人民大学出版社，2025.1. --（创意写作书
系）. -- ISBN 978-7-300-33283-3

Ⅰ.I0

中国国家版本馆 CIP 数据核字第 2024X5J163 号

创意写作书系

像作家一样阅读：提升读写能力的 10 堂课

〔美〕艾琳·M. 普希曼（Erin M. Pushman） 著

刘卫东 李秋雨 张永禄 译

张永禄 审校

Xiang Zuojia Yiyang Yuedu：Tisheng Duxie Nengli de 10 Tang Ke

出版发行	中国人民大学出版社		
社　　址	北京中关村大街 31 号	邮政编码	100080
电　　话	010 - 62511242（总编室）	010 - 62511770（质管部）	
	010 - 82501766（邮购部）	010 - 62514148（门市部）	
	010 - 62515195（发行公司）	010 - 62515275（盗版举报）	
网　　址	http://www.crup.com.cn		
经　　销	新华书店		
印　　刷	北京昌联印刷有限公司		
开　　本	720 mm×1000 mm　1/16	版　　次	2025 年 1 月第 1 版
印　　张	14.25 插页 1	印　　次	2025 年 1 月第 1 次印刷
字　　数	175 000	定　　价	59.00 元